帶日本人趴趴走

日語導遊台灣

作者/譯者：張澤崇/巽奈緒子

插畫：巽奈緒子

美術設計：游鈺純(Yu-Chun YU) / 游淑貞(YOYOYU)

目錄

前言

　　台灣長久以來親日，不僅學日文的人眾多，在台灣出版的日文教材也相當豐富。但是為數眾多的教材中，均以到日本時會用到的會話或閱讀為主要中心主軸來設計，鮮少以台灣情境為主的學習書籍。

　　站在日語教學工作者的立場，筆者更希望有貼近台灣人生活情境的會話教材，讓學習者因為主題有趣、切身相關而可以即學即用，進而學起來更有動力，也更有趣。

　　因此我們設計了《帶日本人趴趴走：日語導遊台灣》，將情境設定在台灣，使用者對象設定為：要接待來台灣旅遊或工作的日本友人的學習者。

另外，本書以舉出會話例句再套用上單字的形式，即使是日文只懂一點皮毛的學習者，也可以舉一反三說出豐富的句子。即使明天就要接待日本友人，今天臨時抱個佛腳，也可以輕鬆應對！

　　語言學習的關鍵，在就開口實際運用在與人溝通的情境上。在運用的過程中獲得成就感，繼而更想學更多，如此良善的循環就可以成功地學好語文。

　　希望各位讀者能藉由這本書，建起更多台日的友誼橋樑。
　　最後感謝協助本書完成的所有人。

張澤崇
巽奈緒子

五十音自學

あいうえお

清音	あ段 平假名 片假名	い段 平假名 片假名	う段 平假名 片假名	え段 平假名 片假名	お段 平假名 片假名
あ行	あ ア a	い イ i	う ウ u	え エ e	お オ o
か行	か カ ka	き キ ki	く ク ku	け ケ ke	こ コ ko
さ行	さ サ sa	し シ shi	す ス su	せ セ se	そ ソ so
た行	た タ ta	ち チ chi	つ ツ tsu	て テ te	と ト to
な行	な ナ na	に ニ ni	ぬ ヌ nu	ね ネ ne	の ノ no
は行	は ハ ha	ひ ヒ hi	ふ フ fu	へ ヘ he	ほ ホ ho
ま行	ま マ ma	み ミ mi	む ム mu	め メ me	も モ mo
や行	や ヤ ya		ゆ ユ yu		よ ヨ yo
ら行	ら ラ ra	り リ ri	る ル ru	れ レ re	ろ ロ ro
わ行	わ ワ wa				を ヲ o
鼻音	ん ン n				

濁音

平假名 片假名	平假名 片假名	平假名 片假名	平假名 片假名	平假名 片假名
が ガ ga	ぎ ギ gi	ぐ グ gu	げ ゲ ge	ご ゴ go
ざ ザ za	じ ジ ji	ず ズ zu	ぜ ゼ ze	ぞ ゾ zo
だ ダ da	ぢ ヂ ji	づ ヅ zu	で デ de	ど ド do
ば バ ba	び ビ bi	ぶ ブ bu	べ ベ be	ぼ ボ bo

半濁音

平假名 片假名	平假名 片假名	平假名 片假名	平假名 片假名	平假名 片假名
ぱ パ pa	ぴ ピ pi	ぷ プ pu	ぺ ペ pe	ぽ ポ po

日語表音字母的類別

日語表音字母，若以字型來分，分為平假名、片假名。若依發音來分，分為清音、鼻音（撥音）、濁音、半濁音、拗音、促音、長音、特殊音等。

- 清音、鼻音：P4表中的假名屬「清音」，其中有些字現已不用，實際使用的只有四十五音。表中的「ん」就是鼻音，它必須附在其他假名之下，與其他假名連用組成單字或句子。

- 濁音、半濁音：濁音是清音上面再加上兩點「゛」；半濁音是清音上面再加上圓圈「゜」，如P5表。

- 拗音：是指在「清音」的「い段」假名之後，加上小寫的「や、ゆ、よ」而成的，寫成二個字，但唸成一個音節，如P6表。

- 長音、促音、特殊音：請見P7說明。

拗音 平假名　片假名	平假名　片假名	平假名　片假名
きゃ　キャ kya	きゅ　キュ kyu	きょ　キョ kyo
しゃ　シャ sha	しゅ　シュ shu	しょ　ショ sho
ちゃ　チャ cha	ちゅ　チュ chu	ちょ　チョ cho
にゃ　ニャ nya	にゅ　ニュ nyu	にょ　ニョ nyo
ひゃ　ヒャ hya	ひゅ　ヒュ hyu	ひょ　ヒョ hyo
みゃ　ミャ mya	みゅ　ミュ myu	みょ　ミョ myo
りゃ　リャ rya	りゅ　リュ ryu	りょ　リョ ryo

ぎゃ　ギャ gya	ぎゅ　ギュ gyu	ぎょ　ギョ gyo
じゃ　ジャ ja	じゅ　ジュ ju	じょ　ジョ jo
ぢゃ　ヂャ ja	ぢゅ　ヂュ ju	ぢょ　ヂョ jo
びゃ　ビャ bya	びゅ　ビュ byu	びょ　ビョ byo

ぴゃ　ピャ pya	ぴゅ　ピュ pyu	ぴょ　ピョ pyo

促音

在日文中，促音佔一個音節，但發音時是停頓一拍不發音。

- 平假名以小寫「っ」表示，例：【けっこん】kek-ko-nu（結婚）
- 片假名以小寫「ッ」表示，例：【ロック】rok-ku（搖滾）

長音

- 平假名的長音規則及其本書使用的羅馬拼音表記方式：
  - -a+あ 例：【おかあさん】o-kaa-san（媽媽）「-a」表示母音為「a」的假名
  - -i+い 例：【ちいさい】chii-sa-i（小）　　　「-i」表示母音為「i」的假名
  - -u+う 例：【ゆうがた】yuu-ga-ta（傍晚）　　「-u」表示母音為「u」的假名
  - -e+え 例：【おねえさん】o-nee-san（姊姊）「-e」表示母音為「e」的假名
  - -e+い 例：【えいが】ee-ga（電影）　　　　「-e」表示母音為「e」的假名
  - -o+お 例：【おおげさ】oo-ge-sa（誇張）　　「-o」表示母音為「o」的假名
  - -o+う 例：【ひこうき】hi-koo-ki（飛機）　　「-o」表示母音為「o」的假名

- 片假名長音以「ー」表示，例：【スポーツ】su-poo-tsu（運動）。

特殊音

為拼出正確外國音而產生以片假名配上小寫的「アイウエオ」。

- 例：【ウァ/ ウィ / ウェ / ウォ】
  　　【シェ / ジェ】
  　　【チェ】
  　　【ツァ/ ツィ / ツェ / ツォ】
  　　【ティ / ディ / デュ】
  　　【ファ / フィ / フェ / フォ】
  　　【グァ】

羅馬拼音表記

為讓讀者可以迅速開口發音，本書中所有單字及句子均加上羅馬拼音表記。

標記方式如下（長音表記方式請參照P7）：

- 平假名（清音、拗音、濁音、半濁音）參照P4～P6表中的羅馬拼音表記。而字與字之間以「–」分開，例：【こども】ko-do-mo（兒童）

- 鼻音 – 以「n」標示，例：【おんせん】o-n-se-n（溫泉）

- 促音 – 凡看到羅馬拼音中的子音重複表記，例：【けっこん】kek-ko-n（結婚），便用促音讀法，即ke音之後稍作停頓，再輕快讀ko-n音。

什麼是「あ行」？什麼是「あ段」？

翻開五十音表，圖表裡的橫列稱「行」；豎列稱「段」。每行五個假名，共有十行；每段十個假名，共有五段。（請參照「五十音總表」）如：

- あ行：「あいうえお」是一行，以這一行最前面的一個假名命名，所以叫這行稱為「あ行」。

- あ段：「あかさたなはまやらわ」是一個段，以第一個假名命名，故稱「あ段」。

另外針對日文的標點符號位置，做一些說明。

日文的標點符號不多，常見的就是「逗號」、「句號」、「頓號」等。其中，「問號」的使用與中文有些差異。日文有「か」助詞表示疑問，所以即使是在「疑問句」結尾也是用「句號」。不過，現在受到外文的影響，也開始慢慢普遍使用問號。

日文標點符號在文中的位置與中文不同。中文標點符號置中，而日文是偏底下，如：私は学生です。（我是學生。）

打招呼

你好 / 午安

こんにちは
ko-n-ni-chi wa

早 / 早安

おはようございます
o-ha-yoo go-za-i-ma-su

晚上好

こんばんは
ko-n-ba-n wa

(睡前)晚安

おやすみなさい
o-ya-su-mi-na-sa-i

好久不見

おひさしぶりです
o-hi-sa-shi-bu-ri de-su

謝謝

ありがとう
a-ri-ga-too

路上小心

お気をつけて
o-ki o tsu-ke-te

不好意思

すみません
su-mi-ma-se-n

對不起

ごめんなさい
go-me-n-na-sa-i

再見

さようなら
sa-yoo-na-ra

明天見

また明日
ma-ta a-shi-ta

先走了

お先に
o-sa-ki ni

你好嗎

お元気ですか？
o-ge-n-ki de-su-ka?

我很好

はい、元気です。
ha-i, ge-n-ki de-su.

改天再見

また今度
ma-ta ko-n-do

接機

請問，你是後藤先生／小姐嗎？

すみません、後藤さんですか？
su-mi-ma-se-n, go-too sa-n de-su-ka?

是的。

はい、そうです。
ha-i, soo de-su.

伊藤 い とう i-too	加藤 か とう ka-too	木村 き むら ki-mu-ra	小林 こ ばやし ko-ba-ya-shi	佐々木 さ さ き sa-sa-ki	佐藤 さ とう sa-too
志村 し むら shi-mu-ra	鈴木 すず き su-zu-ki	高橋 たか はし ta-ka-ha-shi	田中 た なか ta-na-ka	中山 なか やま na-ka-ya-ma	橋本 はし もと ha-shi-mo-to
長谷川 は せ がわ ha-se-ga-wa	松本 まつ もと ma-tsu-mo-to	山田 やま だ ya-ma-da	横山 よこ やま yo-ko-ya-ma	吉田 よし だ yo-shi-da	渡辺 わた なべ wa-ta-na-be

初次見面，我姓王。

はじめまして、王です。
ha-ji-me-ma-shi-te, oo de-su.

請多多指教。

よろしくお願いします。
yo-ro-shi-ku o-ne-ga-i shi-ma-su.

歐 おう oo	何 か ka	郭 かく ka-ku	江 こう koo	黃 こう koo	吳 ご go	蔡 さい sa-i	謝 しゃ sha	朱 しゅ shu
周 しゅう shuu	徐 じょ jo	蔣 しょう shoo	聶 じょう joo	孫 そん so-n	張 ちょう choo	陳 ちん chi-n	鄭 てい tee	杜 と to
馬 ば ba	楊 よう yoo	葉 よう yoo	羅 ら ra	李 り ri	劉 りゅう ryuu	梁 りょう ryoo	林 りん ri-n	

一句萬能話

1
辛苦了。
おつかれさまです。
o-tsu-ka-re-sa-ma de-su.

2
歡迎來到台灣。
台湾へようこそ。
ta-i-wa-n e yoo-ko-so.

3
需要換錢嗎？
両替えしますか？
ryoo-ga-e shi-ma-su-ka?

4
要上洗手間嗎？
トイレは大丈夫ですか？
to-i-re wa da-i-joo-bu de-su-ka?

5
洗手間在那裡。
トイレはあそこです。
to-i-re wa a-so-ko de-su.

6
你的行李只有這些嗎？
荷物はこれだけですか？
ni-mo-tsu wa ko-re da-ke de-su-ka?

7
我幫你拿行李。
荷物、お持ちします。
ni-mo-tsu, o-mo-chi shi-ma-su.

8
迎接的車子已經在那邊等了。
迎えの車はあそこに来ています。
mu-ka-e no ku-ru-ma wa a-so-ko ni ki-te-i-ma-su.

閒聊

第一次來台灣嗎？

台湾は初めてですか？
ta-i-wa-n wa ha-ji-me-te de-su-ka?

第二次。

二度目です。
ni-do-me de-su.

第幾次	第二次	第三次
何度目 na-n-do-me	2 度目 ni-do me	3 度目 sa-n-do-me

第四次	第五次	
4 度目 yo-n-do me	5 度目 go-do me	

今天好熱啊！

今日は暑いですね。
kyoo wa a-tsu-i de-su ne.

對啊！

そうですね。
soo de-su ne.

熱得恐怖	很冷	好天氣
恐ろしく暑い o-so-ro-shi-ku a-tsu-i	寒い sa-mu-i	良い天気 ii-te-n-ki

下雨天	陰天	風很大
雨 a-me	曇り ku-mo-ri	風が強い ka-ze ga tsu-yo-i

明天天氣如何？ **明日の天気はいかがでしょうか？** a-shi-ta no te-n-ki wa i-ka-ga de-shoo-ka?	明天可能會下雨。 **明日、雨でしょう。** a-shi-ta, a-me de-shoo.

晴天 は **晴れ** ha-re	多雲 **くもり** ku-mo-ri	起霧 **きり** ki-ri	颱風 たい ふう **台風** ta-i-fuu
悶熱 む あつ **蒸し暑い** mu-shi-a-tsu-i	暖和 あたた **暖かい** a-ta-ta-ka-i	涼 すず **涼しい** su-zu-shii	太陽很大 ひ ざ つよ **日差しが強い** hi-za-shi ga tsu-yo-i

多雲有雨 くも いち じ あめ **曇り一時雨** ku-mo-ri i-chi-ji a-me	多雲時晴 くも とき どき は **曇り時々晴れ** ku-mo-ri to-ki-do-ki ha-re	晴時多雲 は くも **晴れのち曇り** ha-re no-chi ku-mo-ri

空（そら）
太陽（たいよう）
虹（にじ）
動物（どうぶつ）
山（やま）
谷（たに）
海（うみ）
川（かわ）
魚（さかな）
昆虫（こんちゅう）
木（き）
花（はな）
植物（しょくぶつ）
草（くさ）
海岸（かいがん）

你是哪裡人？
ご出身は？
go-shus-shi-n wa?

我是橫濱人。
横浜です。
yo-ko-ha-ma de-su

北海道
hok-ka-i-doo

仙台
se-n-da-i

東京
too-kyoo

横浜
yo-ko-ha-ma

名古屋
na-go-ya

大阪
oo-sa-ka

京都
kyoo-to

広島
hi-ro-shi-ma

福岡
fu-ku-o-ka

沖縄
o-ki-na-wa

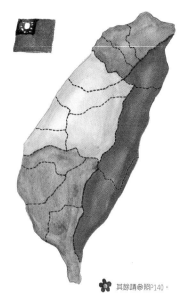

台北
ta-i-pee

新竹
shi-n-chi-ku

宜蘭
gi-ra-n

台中
ta-i-chuu

南投
na-n-too

花蓮
ka-re-n

台南
ta-i-na-n

高雄
ta-ka-o

台東
ta-i-too

🌸 其餘請參照P140。

日本人不會問「吃飯了沒？」！？ v.s 日本人很喜歡聊天氣的話題！？

從招呼語看台灣人與日本人的文化社會背景不同！

台灣人常用的問候語除了「你好」之外，在各種不同的場合，可能聽到「去圖書館啊？」、「去打工啊？」、「要回家了啊？」、「加班啊？」、「午餐吃了嗎？」、「去買菜啊？」、「去散步啊？」、「下班了啊！」。尤其是用餐時間，更是一定會問「吃過了沒？」。說這些話的人只是隨意搭個話，並不是真的想知道答案。這些話，更像只是打招呼而已。

外國人不習慣這種搭話方式，如果你把「ご飯を食べましたか。」這一句當做問候語來跟日本人打招呼，他們也許會很認真地回答說「我在某某餐廳吃了某某東西」或「我在兩個小時前吃了什麼什麼，非常好吃哦」之類的。甚至有的時候，會有一些日本人以為被邀請吃飯，所以很客氣地回答說：

いえいえ、結構です。（不用了，不用了。）
大丈夫です。（沒關係。）

那麼，日本人會怎麼跟人搭話呢？日本人很喜歡聊天氣的話題。他們說了「你好」之後，就接著常會說：

今日は暑いですね。（今天好熱啊。）
最近、涼しくなりましたね。（最近變涼了啊。）

但是對他們來說這只是打招呼的一環而已，並不是真正想要跟你聊有關天氣的話題哦！所以呢，你也跟著他們說：

そうですね。本当に暑いですね。（對啊，真的很熱啊。）

只要配合對方隨聲附和就可以。但你卻詳細回答，「對啊，現在氣溫有 35 度啊。」或「是嗎？我覺得今天沒那麼熱啊。」等等，這樣會有點奇怪。也許這跟台灣的「吃過了沒？」一樣吧！

文化的差異真有趣，對吧？！

住宿

你住的飯店是哪一家？

ホテルはどこですか？
ho-te-ru wa do-ko de-su-ka?

我住六福皇宮。

ウェスティンホテルです。
we-su-ti-n ho-te-ru de-su.

國賓大飯店	【アンバサダーホテル】	a-n-ba-sa-daa-ho-te-ru
台北喜來登大飯店	【シェラトンタイペイ】	she-ra-to-n-ta-i-pee
君悦大飯店	【グランドハイヤット】	gu-ra-n-do-ha-i-yat-to
晶華酒店	【グランド　フォルモサ　リージェント】	gu-ra-n-do fo-ru-mo-sa rii-je-n-to
華太王子大飯店	【グロリア　プリンス】	gu-ro-ri-a pu-ri-n-su
圓山大飯店	【グランドホテル / 圓山ホテル】	gu-ra-n-do-ho-te-ru / ma-ru-ya-ma-ho-te-ru

`9` `10` `11` `12` `13` `14` `15` `16` `17` `18`

你房間是幾樓？

部屋は何階ですか？
he-ya wa na-n-ka-i de-su-ka?

在十五樓。

１５階です。
juu-go ka-i de-su.

一樓	二樓	三樓	四樓	五樓
１階	２階	３階	４階	５階
ik ka-i	ni ka-i	sa-n ka-i	yo-n ka-i	go ka-i

六樓	七樓	八樓	九樓	十樓
６階	７階	８階	９階	１０階
rok ka-i	na-na ka-i	hak ka-i	kyuu ka-i	juk ka-i

飯店的對面有便利商店喔！

ホテルの向かいにコンビニがありますよ！
ho-te-ru no mu-ka-i ni ko-n-bi-ni ga a-ri-ma-su-yo!

那真是方便啊！

それは便利ですね。
so-re wa be-n-ri de-su-ne.

左邊	右邊
左 ひだり	右 みぎ
hi-da-ri	mi-gi

後面	隔壁
後ろ うし	となり
u-shi-ro	to-na-ri

斜對面
斜め前
なな まえ
na-na-me ma-e

二樓	入口
２階 に かい	入口 いり ぐち
ni ka-i	i-ri-gu-chi

櫃檯前面
フロントの前
まえ
fu-ro-n-to no ma-e

車站	福利社	茶葉行
駅 えき	売店 ばい てん	お茶屋 ちゃ や
e-ki	ba-i-te-n	o-cha ya

吸菸處	星巴克
喫煙所 きつ えん じょ	スターバックス
ki-tsu-e-n jo	su-taa-bak-ku-su

咖啡廳	不錯的酒吧
喫茶店 きっ さ てん	いい感じのバー かん
kis-sa-te-n	ii ka-n-ji no baa

免稅商店	機場巴士搭乘地點
免税品店 めん ぜい ひん てん	空港バスの乗り場 くう こう の ば
me-n-zee-hi-n-te-n	kuu-koo-ba-su no no-ri-ba

商務中心	計程車招呼站
ビジネスセンター	タクシー乗り場 の ば
bi-ji-ne-su se-n-taa	ta-ku-shii no-ri-ba

明天在哪碰面？

明日の待ち合わせは？
a-shi-ta no ma-chi-a-wa-se wa?

明天在這裡碰面吧！

明日、ここで会いましょう！
a-shi-ta, ko-ko de a-i-ma-shoo!

地方

在大廳

ロビーで
ro-bii de

在門口

入り口で
i-ri-gu-chi de

在櫃台前

フロントの前で
fu-ro-n-to no ma-e de

在電梯前

エレベーターの前で
e-re-bee-taa no ma-e de

在飯店的咖啡廳

ホテルのカフェで
ho-te-ru no ka-fe de

時間

兩點	5點	早上8點	中午12點	晚上7點
2時に	5時に	朝8時に	昼12時に	夜7時に
ni ji ni	go ji ni	a-sa ha-chi ji ni	hi-ru juu-ni ji ni	yo-ru shi-chi ji ni

明天早一點集合比較好。

明日は早めに集合したほうがよさそうです。
a-shi-ta wa ha-ya-me ni shuu-goo-shi-ta hoo ga yo-sa-soo de-su.

來接的人好像遲到了。

迎えに来る人が遅れているようです。
mu-ka-e ni ku-ru hi-to ga o-ku-re-te-i-ru yoo-de-su.

萬一沒看到我，也請你在這裡等候。

万が一私がいなくてもここで待っていてください。
ma-n-ga-i-chi wa-ta-shi ga i-na-ku-te-mo ko-ko de mat-te-i-te-ku-da-sa-i.

一句萬能話

1 要不要寄放行李？
荷物を預けますか？
ni-mo-tsu o a-zu-ke-ma-su-ka?

2 有沒有貴重物品？
貴重品はありますか？
ki-choo-hi-n wa a-ri-ma-su-ka?

3 請好好休息。
ごゆっくり。
go-yuk-ku-ri.

4 明天來接你。
明日、迎えに来ます。
a-shi-ta, mu-ka-e ni ki-ma-su.

5 首先我們去吃飯吧。
まず、食事に行きましょう。
ma-zu, sho-ku-ji ni i-ki-ma-shoo.

6 等一下再過來拿吧。
あとで、取りに来ましょう。
a-to-de, to-ri ni ki-ma-shoo.

7 抽菸要到外面去抽。
たばこは外で吸ってください。
ta-ba-ko wa so-to de sut-te ku-da-sa-i.

8 有什麼事情打電話給我。
何かあったら、電話してください。
na-ni ka at-ta-ra, de-n-wa shi-te ku-da-sa-i.

觀光

要去總統府嗎？

総統府に行きますか？
soo-too-fu ni i-ki-ma-su-ka?

那真是不錯。

それはいいですね。
so-re wa ii de-su-ne.

阿里山	淡水	九份	夜市	玉市
阿里山	淡水	九分	夜市	ヒスイ市
a-ri-sa-n	ta-n-su-i	kyuu-fu-n	yo-i-chi	hi-su-i i-chi

百貨公司	書店	腳底按摩
デパート	本屋	足裏マッサージ
de-paa-to	ho-n-ya	a-shi-u-ra mas-saa-ji

中正紀念堂	故宮博物院	101大樓
中正紀念堂	故宮博物院	台北１０１
chuu-see ki-ne-n-doo	ko-kyuu ha-ku-bu-tsu-i-n	ta-i-pe-i wa-n-oo-wa-n

熱炒店	吃飯	喝酒
台湾式居酒屋	食事	飲み
ta-i-wa-n shi-ki i-za-ka-ya	sho-ku-ji	no-mi

我沒有很想去淡水…，想去九份。

淡水はちょっと... 九分に行きたいです。
ta-n-su-i wa chot-to... kyuu-fu-n ni i-ki-ta-i de-su.

想要買東西嗎？

買い物したいですか？
ka-i-mo-no shi-ta-i de-su-ka?

好啊。那走吧。

いいですね。行きましょう。
ii de-su ne. i-ki-ma-shoo.

去觀光

観光し
ka-n-koo shi

看寺廟

お寺を見
o-te-ra o mi

喝茶

お茶を飲み
o-cha o no-mi

看夜景

夜景を見
ya-kee o mi

去老街

古い町に行き
fu-ru-i ma-chi ni i-ki

去美術館

美術館に行き
bi-ju-tsu-ka-n ni i-ki

回大飯店

ホテルに帰り
ho-te-ru ni ka-e-ri

休息一下

少し休み
su-ko-shi ya-su-mi

現在要不要一起去夜市吃飯？

今から夜市でご飯を食べませんか？
i-ma ka-ra yo-i-chi de go-ha-n o ta-be-ma-se-n-ka?

要不要試試台灣式洗頭？

台湾式シャンプーを試してみませんか？
ta-i-wa-n-shi-ki sha-n-puu o ta-me-shi-te-mi-ma-se-n-ka?

🌸 也可以直接問「何をしたいですか？（你想做什麼？）」但是很多日本人會客氣地說「什麼都可以」或「我聽你的」之類的禮貌話。碰到這樣的情況還是可以用上面的句子來一個一個問具體的意向。例如，「お寺を見たいですか？（你想看寺廟嗎？）」等。

016　**觀光**

那座山的名字是？　**？**

あの山（やま）の名前（なまえ）は？
a-no ya-ma no na-ma-e wa?

那是玉山。

あれは玉山（ぎょくざん）です。
a-re wa gyo-ku-za-n de-su.

| 山
山（やま）
ya-ma | 阿里山
阿里山（ありさん）
a-ri-sa-n | 陽明山
陽明山（ようめいざん）
yoo-mee-zan | 觀音山
観音山（かんのんやま）
ka-n-no-n-ya-ma |

| 河川
川（かわ）
ka-wa | 淡水河
淡水川（たんすいがわ）
ta-n-su-i-ga-wa | 基隆河
基隆川（きるんがわ）
kii-ru-n-ga-wa | 新店溪
新店渓（しんてんけい）
shi-n-te-n-kee |

| 湖
湖（みずうみ）
mi-zu-u-mi | 日月潭
日月潭（にちげつたん）
ni-chi-ge-tsu-ta-n | 澄清湖
澄清湖（ちょうせいこ）
choo-see-ko | 鯉魚潭
鯉魚潭（りぎょたん）
ri-gyo-ta-n |

| 大樓
ビル
bi-ru | 台泥大樓
台（タイ）泥（ニー）ビル
ta-i-nii-bi-ru | 台北戲棚
（タイペイアイ）
在台泥大樓內。 | 誠品書店
誠品書店（せいひんしょてん）
see-hi-n-sho-te-n |

| 建築物
建物（たてもの）
ta-te-mo-no | 忠烈祠
忠烈祠（ちゅうれっし）
chuu-res-shi | | 溫泉博物館
温泉博物館（おんせんはくぶつかん）
o-n-se-n-ha-ku-bu-tsu-ka-n |
| | 台北市立美術館
台北美術館（たいぺいびじゅつかん）
ta-i-pe-i-bi-ju-tsu-ka-n | | 當代藝術館
当代芸術館（とうだいげいじゅつかん）
too-da-i-gee-ju-tsu-ka-n |

待會想做什麼？
この後、どうしますか？
ko-no-a-to, doo shi-ma-su-ka?

想喝酒。
お酒を飲みたいです。
o-sa-ke o no-mi ta-i de-su.

買東西
ショッピングし
shop-pi-n-gu-shi

去指壓
マッサージに行き
mas-saa-ji ni i-ki

休息一下
少し休み
su-ko-shi ya-su-mi

去散步
散歩し
sa-n-po-shi

吃東西
何か食べ
na-ni ka ta-be

唱歌
歌を歌い
u-ta o u-ta-i

去跳舞
踊りに行き
o-do-ri ni i-ki

喝咖啡
コーヒーが飲み
koo-hii ga no-mi

回飯店
ホテルに帰り
ho-te-ru ni ka-e-ri

跟你一起回去
一緒に帰り
is-sho ni ka-e-ri

要去KTV(卡拉OK)還是去酒吧？
カラオケがいいですか？それともラウンジバーがいいですか？
ka-ra-o-ke ga ii de-su-ka? so-re-to-mo ra-u-n-ji-baa ga ii de-su-ka?

居酒屋
居酒屋
i-za-ka-ya

咖啡廳
カフェ
ka-fe

茶藝館
茶芸館
cha-gee-ka-n

哪個好呢？！
どちらにしましょうかね。
do-chi-ra ni shi-ma-shoo-ka-ne.

PUB
パブ
pa-bu

舞廳 / 夜店
クラブ / ディスコ
ku-ra-bu / di-su-ko

餐廳
レストラン
re-su-to-ra-n

路邊攤
屋台
ya-ta-i

23

這家店的音樂不錯！

この店は音楽がいいです。
ko-no mi-se wa o-n-ga-ku ga ii de-su.

我也那麼認為。

私もそう思います。
wa-ta-shi mo soo o-mo-i-ma-su.

氣氛 雰囲気 fu-n-i-ki	風景 景色 ke-shi-ki	服務 サービス saa-bi-su	裝潢 内装 na-i-soo
服務生 店員 te-n-i-n	味道 味 a-ji	吃的東西 食べ物 ta-be-mo-no	飲料 飲み物 no-mi-mo-no
咖啡 コーヒー koo-hii	酒類 お酒 o-sa-ke	甜點 デザート de-zaa-to	蛋糕 ケーキ kee-ki

一句萬能話

1
要不要在那裡稍微休息一下？
あそこでちょっと休みましょうか？
a-so-ko de cho-tto ya-su-mi-ma-shoo-ka?

2
到那家咖啡廳休息一下吧！
あのカフェで一休みしましょう。
a-no-ka-fe de hi-to-ya-su-mi-shi-ma-shoo.

3
要不要抽個菸(休息一下)？
一服しませんか？
ip-pu-ku-shi-ma-se-n-ka?

❀「一服」也有「喝個茶」的意思。

4
先回飯店，放個東西吧！
一度ホテルに戻って、荷物を置きましょう。
i-chi-do ho-te-ru ni mo-dot-te, ni-mo-tsu o o-ki-ma-shoo.

コラム

很ㄍㄧㄥ的日本人

當你問日本人「疲れましたか。（你累了嗎？）」，會有很多日本人回答「いいえ、大丈夫です。（不會，沒問題。）」或者是「ちょっと…。（一點點）」之類的。你們是否盲信這些話？

日本人不太好意思跟陪同自己的人，或是朋友說「我累了」，因為怕說了會失禮。因此，就算他們非常的累，也不會說明自己的身體狀況。

所以，陪同日本人的時候，要看看時機，適當地主動開口跟他們說：「ちょっと休みましょう。（我們休息一下吧！）」。接待日本人時，自然地為對方著想，這樣你就是成功的接待達人哦！但是，如果完全無法做到的話，會被打上 KY 的烙印哦。

❀「KY」是日本年輕人常用的詞，是取「空気読めない」的頭文字而來。意思是無法讀取當場氣氛，就是「不能察言觀色、瞎、白目」等等意思。

交通

要怎麼去？

どうやって行くんですか？
doo yat-te i-ku n-de-su-ka?

坐巴士去。

バスで行きます。
ba-su de i-ki-ma-su.

台鐵	高鐵
てつ どう 鉄道	しん かん せん 新幹線
te-tsu-doo	shi-n-ka-n-se-n

捷運

でん しゃ　　　　エム アール ティー
電車 / Ｍ Ｒ Ｔ
de-n-sha / e-mu-aa-ru-tii

飛機	計程車	車	機車
ひ こう き 飛行機	タクシー	くるま 車	バイク
hi-koo-ki	ta-ku-shii	ku-ru-ma	ba-i-ku

腳踏車

じ てん しゃ
自転車
ji-te-n-sha

用走的

と ほ
徒歩
to-ho

❀ 此句型，除放入交通工具以外，還可以放入「三天兩夜」等表示旅行期間長短的詞彙。

要住幾晚？

なん ぱく
何泊するんですか？
na-n-pa-ku su-ru-n de-su-ka?

去三天兩夜。

に ぱく い
二泊で行きます。
ni-ha-ku de i-ki-ma-su.

當天來回	兩天一夜	三天兩夜	四天三夜
ひ がえ 日帰り	いっ ぱく 一泊	に ぱく 二泊	さん ぱく 三泊
hi-ga-e-ri	ip-pa-ku	ni-ha-ku	sa-n-pa-ku

列車類別

高鐵	自強號	莒光號	復興號
しんかんせん **新幹線** shi-n-ka-n-se-n	とっきゅう **特急** tok-kyuu	じゅんとっきゅう **準特急** ju-n tok-kyuu	きゅうこう **急行** kyuu-koo

區間車／電車	電車／捷運		
ふつうれっしゃ **普通列車** fu-tsuu res-sha	でんしゃ **電車** de-n-sha	ちかてつ **地下鉄** chi-ka-te-tsu	エム アール ティー **MRT** e-mu aa-ru-tii

❀ 在日本一般將高速鐵路稱為「新幹線」，並沒有「高速鐵路」的說法。因此將高鐵介紹給日本人時，用「新幹線」或「台灣新幹線」讓他們比較容易聽得懂。

所有的位子都是對號入座。

ぜんせき、していです。
全席、指定です。
ze-n-se-ki, shi-te-i de-su.

買到相連的座位。

となり せき と
隣どうしの席が取れました。
to-na-ri-doo-shi no se-ki ga to-re-ma-shi-ta.

不好意思，座位沒有相連。

せき はな
すみません、席が離れてしまいました。
su-mi-ma-se-n, se-ki ga ha-na-re-te-shi-ma-i-ma-shi-ta.

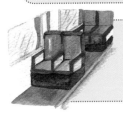

您要靠窗還是靠走道(的位子)？

まどがわ つうろがわ
窓側と通路側、どちらがいいですか？
ma-do-ga-wa to tsuu-ro-ga-wa, do-chi-ra ga ii de-su-ka?

要不要將這個位子轉過來(面對面)？

せき む あ
この席、向かい合わせにしましょうか？
ko-no se-ki, mu-ka-i-a-wa-se ni shi-ma-shoo-ka?

要花多少錢？（花多少時間？）

どのくらいかかりますか？
do-no-ku-ra-i ka-ka-ri-ma-su-ka?

到北投40塊。

北投まで40元です。
be-i-too ma-de yo-n-juu ge-n de-su.

地方

這裡	飯店	○○站	公車站
ここ	ホテル	○○駅	バス停
ko-ko	ho-te-ru	○○ e-ki	ba-su-tee

國父紀念館	台灣大學	士林夜市	烏來
国父紀念館	台湾大学	士林夜市	烏来
ko-ku-fu ki-ne-n-ka-n	ta-i-wa-n da-i-ga-ku	shi-ri-n yo-i-chi	uu-ra-ri

---

價格

15元	20元	25元	30元	100元
juu-go ge-n	ni-juu ge-n	ni-juu-go ge-n	sa-n-juu ge-n	hya-ku ge-n

150元	200元	380元
hya-ku-go-juu ge-n	ni-hya-ku ge-n	sa-n-bya-ku-ha-chi-juu ge-n

---

時間

10分鐘	30分鐘	1個小時	1個半小時	2個小時
10分	30分	1時間	1時間半	2時間
jup-pun	sa-n jup-pu-n	i-chi-ji-ka-n	i-chi-ji-ka-n ha-n	ni-ji-ka-n

---

🌼 要花多少錢？（花多少時間？）どのくらいかかりますか？也可以用上面的單字做應用。
比如，到台中需要兩個小時，這一句的日文是：「台中まで2時間です。」

一句萬能話 計程車篇

1 要不要幫你打電話叫計程車？
タクシーを呼びましょうか？
ta-ku-shii o yo-bi-ma-shoo-ka?

龍山寺

2 要不要招計程車？
タクシーを捕まえましょうか？
ta-ku-shii o tsu-ka-ma-e-ma-shoo-ka?

3 叫無線計程車比較安全。
無線タクシーを呼ぶほうが安全ですね。
mu-se-n-ta-ku-shi o yo-bu-hoo ga a-n-ze-n de-su-ne.

4 要到哪裡去？
どこまで行きますか？
do-ko ma-de i-ki-ma-su-ka?

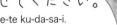

5 請把這張名片給司機看。
この名刺を運転手に見せてください。
ko-no mee-shi o u-n-te-n-shu ni mi-se-te ku-da-sa-i.

6 車門要自己關上。
ドアは自分で閉めてください。
do-a wa ji-bu-n de shi-me-te ku-da-sai.

7 夜間要照表上的價格加20元。
夜間料金はメーターに２０元たします。
ya-ka-n-ryoo-ki-n wa mee-taa ni ni-juu ge-n ta-shi-ma-su.

一句萬能話 包車篇

1
要不要包計程車？
タクシーを貸しきりますか？
ta-ku-shii o ka-shi-ki-ri ma-su-ka?

2
包車一天需要2000元。
一日貸切で２０００元です。
i-chi-ni-chi ka-shi-ki-ri de ni-se-n ge-n de-su.

3
要租幾人座的車？
何人乗りを借りますか？
na-n-ni-n-no-ri o ka-ri-ma-su-ka?

4
六人座的話，一個小時600元。
６人乗りなら、１時間６００元です。
ro-ku-ni-n-no-ri na-ra, i-chi ji-ka-n rop-pya-ku ge-n de-su.

5
要不要訂機場接送的轎車？
空港までの送迎車を予約しますか？
kuu-koo ma-de no soo-gee-sha o yo-ya-ku shi-ma-su-ka?

6
車子從那裡出發。
車はあそこから出ます。
ku-ru-ma wa a-so-ko ka-ra de-ma-su.

7
司機會來接您。
運転手さんが迎えに来ます。
u-n-te-n-shu-sa-n ga mu-ka-e ni ki-ma-su.

一句萬能話 公車／捷運篇

1
車資是15元。
料金（りょうきん）は１５元（じゅうごげん）です。
ryoo-ki-n wa juu-go ge-n de-su.

2
車票是硬幣式形狀。
切符（きっぷ）はコイン型（がた）です。
kip-pu wa ko-i-n ga-ta de-su.

3
上車收票。
乗（の）る時（とき）にお金（かね）を払（はら）います。
no-ru to-ki ni o-ka-ne o ha-ra-i-ma-su.

4
下車收票。
降（お）りる時（とき）にお金（かね）を払（はら）います。
o-ri-ru to-ki ni o-ka-ne o ha-ra-i-ma-su.

5
招呼公車時要舉手。
手（て）を上（あ）げてバスを止（と）めてください。
te o a-ge-te ba-su o to-me-te ku-da-sa-i.

6
緊握把手。
しっかりつかまってください。
shik-ka-ri tsu-ka-mat-te ku-da-sa-i.

7
悠遊卡
遊悠（ゆうゆう）カード（台湾版（たいわんばん）suica）
yuu-yuu kaa-do (ta-i-wa-n-ba-n su-i-ka)

8
請把這硬幣式車票拿到這裡刷。
このコインをここに当（あ）ててください。
ko-no ko-i-n o ko-ko ni a-te-te ku-da-sa-i.

9
請把這硬幣式車票投入這裡。
このコインをここに入（い）れてください。
ko-no ko-i-n o ko-ko ni i-re-te ku-da-sa-i.

一句萬能話交通綜合篇

1
你累了嗎？
疲れましたか？
tsu-ka-re-ma-shi-ta-ka?

2
腳痛不痛？
足は大丈夫ですか？
a-shi wa da-i-joo-bu de-su-ka?

3
要快一點。
急ぎましょう。
i-so-gi-ma-shoo.

4
差不多該走了。
そろそろ行きましょう。
so-ro-so-ro i-ki-ma-shoo.

5
差不多該回去了。
そろそろ帰りましょう。
so-ro-so-ro ka-e-ri-ma-shoo.

6
這裡禁煙。
ここは禁煙です。
ko-ko wa ki-n-e-n de-su.

7
禁止飲食。
飲食禁止です。
i-n-sho-ku ki-n-shi de-su.

8
禁止拍攝。
撮影禁止です。
sa-tsu-ee ki-n-shi de-su.

一句萬能話 交通綜合篇

9
要罰款。
罰_{ばっ}金_{きん}です。
bak-ki-n de-su.

10
禁止進入。
立_たち入_いり禁_{きん}止_しです。
ta-chi-i-ri ki-n-shi de-su.

11
請坐。
座_{すわ}ってください。
su-wat-te ku-da-sa-i.

12
請往這邊走。
こちらからどうぞ。
ko-chi-ra ka-ra doo-zo.

13
30分鐘後，在這裡碰面。
３０分_{さんじっぷん}後_ごに、ここで会_あいましょう。
sa-n-jup-pu-n go ni, ko-ko de a-i-ma-shoo.

14
小心！
気_きをつけて！
ki o tsu-ke-te!

15
左邊來車！
左_{ひだり}から車_{くるま}が来_きますよ！
hi-da-ri ka-ra ku-ru-ma ga ki-ma-su-yo!

16
不好意思，請關門。
すみません、ドアを閉_しめてください。
su-mi-ma-se-n, do-a o shi-me-te ku-da-sa-i.

交通

台日「交通」大不同

你們搭電扶梯時，會站在台階的右邊還是左邊？在台灣好像已經普遍大眾會站在右邊，而在電扶梯上趕時間的人靠左邊走。在日本呢，大部份跟台灣相反，要站在左邊（大阪除外）。所以，有很多日本人來台灣的時候，毫無疑慮地站在電扶梯台階的左邊。如果你碰到這樣的情形，就溫和地告訴他：「すみません、台湾（たいわん）では右（みぎ）に立（た）つんですよ。（不好意思，在台灣要站在右邊哦。）」相反的，如果有機會去日本，要記得站在左邊哦！

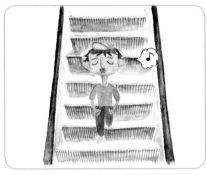

在台灣：
- 車子在路上靠右行駛。所以行人過馬路時，先看左再看右。
- 招呼公車時，要舉手讓司機知道我要上車。
- 下公車時，停車前要提早準備下車，走到出口旁邊。
- 計程車的車門，要自己關上。

在日本：
- 車子在路上靠左行駛。所以人過馬路時，先看右再看左。
- 招呼公車時，不需要舉手只要默默的站在公車站牌就可。
- 下車時，不可以提早離開位子走到出口旁邊。不然，司機會用麥克風跟你說「請回位，很危險哦」。
- 計程車的車門，自動會關上。所以日本人在台灣會忘記關上車門。

34

美食

> 這是什麼菜？
> これは<ruby>何<rt>なん</rt></ruby>の<ruby>料理<rt>りょう り</rt></ruby>ですか？
> ko-re wa na-n no ryoo-ri de-su-ka?

> 這是廣東料理。
> これは、<ruby>広東<rt>かん とん</rt></ruby><ruby>料理<rt>りょう り</rt></ruby>です。
> ko-re wa, ka-n-to-n ryoo-ri de-su.

<ruby>台湾<rt>たい わん</rt></ruby>
ta-i-wa-n

<ruby>客家<rt>はっ か</rt></ruby>
hak-ka

<ruby>台湾<rt>たい わん</rt></ruby>の<ruby>家庭<rt>か てい</rt></ruby>
ta-i-wa-n no ka-tee

<ruby>上海<rt>しゃん はい</rt></ruby>
sha-n-ha-i

<ruby>北京<rt>ぺ きん</rt></ruby>
pe-ki-n

<ruby>四川<rt>し せん</rt></ruby>
shi-se-n

<ruby>海鮮<rt>かい せん</rt></ruby>
ka-i-se-n

<ruby>高級<rt>こう きゅう</rt></ruby>
koo-kyuu

料理方式說明

紅燒（用醬油煮的）
<ruby>醤油<rt>しょう ゆ</rt></ruby>で<ruby>煮込<rt>に こ</rt></ruby>んだ
shoo-yu de ni-ko-n-da

用油炸的
<ruby>油<rt>あぶら</rt></ruby>で<ruby>揚<rt>あ</rt></ruby>げた
a-bu-ra de a-ge-ta

宮保（用辣椒炒的）
<ruby>唐辛子<rt>とう がら し</rt></ruby>で<ruby>炒<rt>いた</rt></ruby>めた
too-ga-ra-shi de i-ta-me-ta

用糖醋炒的
<ruby>甘酢<rt>あま ず</rt></ruby>で<ruby>炒<rt>いた</rt></ruby>めた
a-ma-zu de i-ta-me-ta

用蠔油炒的
オイスターソースで<ruby>炒<rt>いた</rt></ruby>めた
o-i-su-taa-soo-su de i-ta-me-ta

用鹽水燙的
（<ruby>塩<rt>しお</rt></ruby>で）<ruby>茹<rt>ゆ</rt></ruby>でた
(shi-o de)yu-de-ta

用薑絲和白醋煮的
<ruby>生姜<rt>しょう が</rt></ruby>と<ruby>酢<rt>す</rt></ruby>で<ruby>煮<rt>に</rt></ruby>た
shoo-ga to su de ni-ta

藥燉
<ruby>漢方<rt>かん ぽう</rt></ruby>で<ruby>煮込<rt>に こ</rt></ruby>んだ
ka-n-poo de ni-ko-n-da

什麼好吃呢？

何がおいしいですか？
na-ni ga o-i-shi-i de-su-ka?

推薦北京烤鴨。

おすすめは、北京ダックです。
o-su-su-me wa pe-ki-n dak-ku de-su.

---- 台灣料理 ----

鹽酥蝦

エビの揚げもの
e-bi no a-ge-mo-no

醃蚋仔

シジミの醬油漬け
shi-ji-mi no shoo-yu-zu-ke

炒海瓜子

あさりのバジル炒め
a-sa-ri no ba-ji-ru i-ta-me

蔭豉蚵仔

牡蠣のトウチ煮込み
ka-ki no too-chi ni-ko-mi

鐵板牛肉

牛肉の鉄板炒め
gyuu-ni-ku no tep-pa-n i-ta-me

菜脯蛋

切干大根入り卵焼き
ki-ri-bo-shi-da-i-ko-n i-ri ta-ma-go-ya-ki

花枝丸

いか団子
i-ka-da-n-go

鳳梨蝦球

台湾風エビマヨ
ta-i-wa-n-fuu e-bi-ma-yo

炒青菜

野菜炒め
ya-sa-i i-ta-me

三杯雞

鶏とバジルのごま油醬油炒め
to-ri to ba-ji-ru no go-ma-a-bu-ra-shoo-yu i-ta-me

客家料理

鹹蛋苦瓜

苦瓜の塩卵炒め
<ruby>苦瓜<rt>にがうり</rt></ruby>の<ruby>塩卵<rt>しおたまご</rt></ruby><ruby>炒<rt>いた</rt></ruby>め

ni-ga-u-ri no shi-o-ta-ma-go i-ta-me

薑絲大腸

モツと生姜のお酢煮込み
モツと<ruby>生姜<rt>しょうが</rt></ruby>のお<ruby>酢<rt>す</rt></ruby><ruby>煮込<rt>にこ</rt></ruby>み

mo-tsu to shoo-ga no o-su ni-ko-mi

蒜泥白肉

豚肉のニンニク醤油がけ
<ruby>豚肉<rt>ぶたにく</rt></ruby>のニンニク<ruby>醤油<rt>しょうゆ</rt></ruby>がけ

bu-ta-ni-ku no ni-n-ni-ku-shoo-yu ga-ke

客家小炒

客家風イカの炒め
<ruby>客家風<rt>はっかふう</rt></ruby>イカの<ruby>炒<rt>いた</rt></ruby>め

hak-ka fuu i-ka no i-ta-me

北京料理

雞絲拉皮

鶏と緑豆めんの胡麻だれ合え
<ruby>鶏<rt>とり</rt></ruby>と<ruby>緑豆<rt>りょくとう</rt></ruby>めんの<ruby>胡麻<rt>ごま</rt></ruby>だれ<ruby>合<rt>あ</rt></ruby>え

to-ri to ryo-ku-too-me-n no go-ma-da-re a-e

京醬牛肉

牛肉の甘味噌炒め
<ruby>牛肉<rt>ぎゅうにく</rt></ruby>の<ruby>甘味噌<rt>あまみそ</rt></ruby><ruby>炒<rt>いた</rt></ruby>め

gyuu-ni-ku no a-ma-mi-so i-ta-me

上海料理

東坡肉

豚の角煮
<ruby>豚<rt>ぶた</rt></ruby>の<ruby>角煮<rt>かくに</rt></ruby>

bu-ta no ka-ku-ni

紅燒鱔魚

田鰻の醤油炒め
<ruby>田鰻<rt>たうなぎ</rt></ruby>の<ruby>醤油<rt>しょうゆ</rt></ruby><ruby>炒<rt>いた</rt></ruby>め

ta-u-na-gi no shoo-yu i-ta-me

蟹粉豆腐

カニ肉入り豆腐のうま煮
カニ<ruby>肉<rt>にく</rt></ruby><ruby>入<rt>い</rt></ruby>り<ruby>豆腐<rt>とうふ</rt></ruby>のうま<ruby>煮<rt>に</rt></ruby>

ka-ni-ni-ku i-ri too-fu no u-ma-ni

清炒蝦仁

エビの塩炒め
エビの<ruby>塩<rt>しお</rt></ruby><ruby>炒<rt>いた</rt></ruby>め

e-bi no shi-o i-ta-me

四川料理

宮保雞丁
鶏肉と鷹の爪の炒め
to-ri-ni-ku to ta-ka-no-tsu-me no i-ta-me

回鍋肉
ホイコーロー
ho-i-koo-roo

🌸「鷹の爪」是辣椒品種。

乾燒蝦仁
エビのチリソース
e-bi no chi-ri-soo-su

什錦鍋巴
五目おこげ
go-mo-ku o-ko-ge

廣東料理

清蒸鮮魚
広東風蒸し魚
ka-n-to-n fuu mu-shi-za-ka-na

咕咾肉
酢豚
su-bu-ta

白切雞
蒸し鶏
mu-shi-do-ri

XO醬炒帶子
貝柱のXO醬炒め
ka-i-ba-shi-ra no ek-ku-su-oo-ja-n i-ta-me

腐乳空心菜
空心菜の発酵豆腐炒め
kuu-shi-n-sa-i no hak-koo doo-fu i-ta-me

燒臘(燒鴨 / 燒雞 / 叉燒)
焼き物(アヒルのロースト / 鶏のロースト / チャーシュー)
ya-ki-mo-no (a-hi-ru no roo-su-to / to-ri no roo-su-to / chaa-shuu)

試試刈包如何？

台湾バーガーを食べてみませんか？
ta-i-wa-n-baa-gaa o ta-be-te-mi-ma-se-n-ka?

沒吃過，想吃吃看。

食べたことがないので食べてみたいです。
ta-be-ta ko-to ga na-i no-de ta-be-te-mi-ta-i de-su.

肉粽

ちまき
chi-ma-ki

臭豆腐

臭豆腐
shuu-doo-fu

蚵仔煎

牡蠣オムレツ
ka-ki o-mu-re-tsu

麵線

台湾にゅうめん
ta-i-wa-n nyuu-me-n

滷味

香辛料入り醤油煮込み
koo-shi-n-ryoo i-ri shoo-yu ni-ko-mi

潤餅

台湾風生春巻き
ta-i-wa-n fuu na-ma-ha-ru-ma-ki

藥燉排骨

スペアリブの薬膳スープ煮
su-pe-a-ri-bu no ya-ku-ze-n suu-pu ni

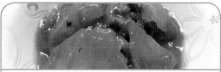

肉圓

肉あん入り蒸しボール
ni-ku-a-n-i-ri mu-shi-boo-ru

好香！

いい匂いがしますね。

ii-ni-o-i ga shi-ma-su-ne.

是小攤子的香味喔！

屋台料理の匂いですよ。

ya-ta-i-ryoo-ri no ni-o-i de-su-yo.

炸雞排

鶏のから揚げ

to-ri-no ka-ra-a-ge

炒米粉

焼きビーフン

ya-ki bii-fu-n

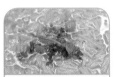

米粉湯

汁ビーフン

shi-ru bii-fu-n

黑輪

台湾風おでん

ta-i-wa-n fuu o-de-n

豬血糕

豚の血の蒸し物

bu-ta no chi no mu-shi-mo-no

紅油抄手

四川風辛いワンタン

shi-se-n fuu ka-ra-i wa-n-ta-n

甜不辣

台湾式さつま揚げ

ta-i-wa-n shi-ki sa-tsu-ma-a-ge

香腸

台湾ソーセージ

ta-i-wa-n soo-see-ji

米糕

もち米の蒸しご飯

mo-chi-go-me no mu-shi go-ha-n

肉羹湯

肉団子のとろみスープ

ni-ku-da-n-go no to-ro-mi suu-pu

飯
ご飯
go-ha-n

麺
麺
me-n

點心
点心
te-n-shi-n

飯

魯肉飯
台湾風そぼろご飯
ta-i-wa-n fuu so-bo-ro go-ha-n

雞絲飯
細切り鶏肉のご飯
ho-so-gi-ri to-ri-ni-ku no go-ha-n

炒飯
チャーハン
chaa-ha-n

豬腳飯
豚足ご飯
to-n-so-ku go-ha-n

雞腿飯
揚げ鶏もも肉のご飯
a-ge to-ri-mo-mo-ni-ku no go-ha-n

排骨飯
パイコー飯
pa-i-koo ha-n

爌肉飯
豚の角煮ご飯
bu-ta no ka-ku-ni go-ha-n

燴飯
かけご飯(中華丼)
ka-ke go-ha-n (chuu-ka-do-n)

叉燒飯
チャーシューご飯
chaa-shuu go-ha-n

皮蛋瘦肉粥
ピータンと肉の中華粥
pii-ta-n to ni-ku no chuu-ka-ga-yu

你喜歡吃麵嗎？

麵は、好きですか？
me-n wa, su-ki de-su-ka?

喜歡。

はい、好きです。
ha-i, su-ki de-su.

麺

牛肉麵

牛肉麺
gyuu-ni-ku me-n

擔仔麵

台湾ラーメン
ta-i-wa-n raa-me-n

(肉燥)乾麵

そぼろ麺
so-bo-ro-me-n

麻醬麵

胡麻ペーストの麺
go-ma-pee-su-to no me-n

炸醬麵

ジャージャー麺(甘味噌麺)
jaa-jaa-me-n (a-ma-mi-so me-n)

餛飩麵

ワンタン麺
wa-n-ta-n me-n

排骨麵

パイコー麺
pa-i-koo me-n

冬粉

はるさめ
ha-ru-sa-me

酸辣湯麵

サンラータン麺
sa-n-raa-ta-n me-n

花枝羹麵

イカのとろみスープ麺
i-ka no to-ro-mi suu-pu me-n

(台灣)涼麵

台湾風冷やし中華
ta-i-wa-n-fuu hi-ya-shi-chuu-ka

板條

ライスヌードル
ra-i-su nuu-do-ru

點心

小籠包
ショーロンポー
shoo-ro-n-poo

蝦蒸餃
エビ蒸し餃子
e-bi-mu-shi gyoo-za

鍋貼
焼き餃子
ya-ki gyoo-za

水餃
水餃子
su-i gyoo-za

水煎包
焼きまんじゅう
ya-ki ma-n-juu

叉燒包
チャーシューまん
chaa-shuu-ma-n

燒賣
シュウマイ
shuu-ma-i

春捲
はるまき
ha-ru-ma-ki

蘿蔔糕
大根もち
da-i-ko-n mo-chi

鮮蝦腐皮捲
エビの湯葉巻揚げ
e-bi no yu-ba ma-ki a-ge

馬拉糕（黑糖糕）
中華風カステラ
chuu-ka fuu ka-su-te-ra

腸粉
ライスクレープ
ra-i-su ku-ree-pu

可以接受辛香料嗎？

香辛料は苦手ですか？
koo-shi-n-ryoo wa ni-ga-te de-su-ka?

一點點的話還可以。

少しなら、大丈夫です。
su-ko-shi na-ra, da-i-joo-bu de-su.

辣椒

唐辛子
too-ga-ra-sh

花椒

四川山椒
shi-se-n sa-n-shoo

芹菜

セロリ
se-ro-ri

九層塔

台湾バジル
ta-i-wa-n ba-ji-ru

蔥

ねぎ
ne-gi

薑

しょうが
shoo-ga

大蒜

にんにく
ni-n-ni-ku

香菜

パクチー
pa-ku-chii

八角

八角
hak-ka-ku

這道料理辛香料很重喔！

この料理は香辛料がかなり効いていますよ。
ko-no ryoo-ri wa koo-shi-n-ryoo ga ka-na-ri kii-te-i-ma-su-yo.

這是台灣常用的辛香料。

これは台湾でよく使われる香辛料です。
ko-re wa ta-i-wa-n de yo-ku tsu-ka-wa-re-ru koo-shi-n-ryoo de-su.

🍴 ㄟ～他怎麼都不會碰那道菜呢？…原來他是不吃香菜的！點菜之前要先確認哦！其實很多日本朋友可能不太習慣吃一些台灣的食材或香料，尤其是他們對有些味道很敏感。所以呢，點菜時可以體貼地問問他們有沒有不習慣吃什麼。日文的「大丈夫」是「沒問題」的意思。

你可以吃牛肉嗎？

牛肉は、大丈夫ですか？
gyuu-ni-ku wa, dai-joo-bu de-su-ka?

可以。 OK

はい、大丈夫です。
ha-i, da-i-joo-bu de-su.

有點。

牛肉は、ちょっと…。
gyuu-ni-ku wa, chot-to….

牛肚	豬大腸	田雞	藥膳料理
牛モツ	豚の大腸	カエル	薬膳料理
gyuu-mo-tsu	bu-ta no da-i-choo	ka-e-ru	ya-ku-ze-n ryo-ri

在日本少見的食材

雞、鴨、豬血

にわとりの血
ni-wa-to-ri no chi

アヒルの血
a-hi-ru no chi

豚の血
bu-ta no chi

雞、豬、牛內臟

鳥の内臓
to-ri no na-i-zoo

豚の内臓
bu-ta no na-i-zoo

牛の内臓
u-shi no na-i-zoo

斑鳩

ハト
ha-to

蛇

蛇
he-bi

鴕鳥

ダチョウ
da-choo

鱉

すっぽん
sup-po-n

一般食材

牛肉	豬肉	羊肉
牛肉（ぎゅうにく） gyuu-ni-ku	ぶた肉（にく） bu-ta ni-ku	マトン ma-to-n

雞肉	鴨肉	魚
とり肉（にく） to-ri ni-ku	アヒルの肉（にく） a-hi-ru no ni-ku	さかな sa-ka-na

蝦子	螃蟹	貝類
エビ e-bi	カニ ka-ni	カイ ka-i

雞蛋	魷魚類	牡蠣
たまご ta-ma-go	イカ i-ka	カキ ka-ki

高級食材

魚翅	鮑魚	海參	燕窩
ふかひれ fu-ka-hi-re	あわび a-wa-bi	なまこ na-ma-ko	ツバメの巣（す） tsu-ba-me no su

金華火腿	干貝
金華（きんか）ハム ki-n-ka-ha-mu	干（ほ）し貝柱（かいばしら） ho-shi-ka-i-ba-shi-ra

有吃過空心菜嗎？

空心菜を食べたことがありますか？
kuu-shi-n-sa-i o ta-be-ta ko-to ga a-ri-ma-su-ka?

沒有。

いいえ、ありません。
i-i-e, a-ri-ma-se-n。

在日本少見的蔬菜

川七
つるむらさき
tsu-ru-mu-ra-sa-ki

山蘇
オオタニワタリ
oo-ta-ni-wa-ta-ri

A菜
台湾リーフレタス
ta-i-wa-n rii-fu re-ta-su

萵苣 / 大陸妹
ロメインレタス
ro-me-i-n re-ta-su

茼蒿
台湾春菊
ta-i-wa-n-shu-n-gi-ku

莧菜
ひゆ菜
hi-yu-na

龍鬚菜
龍髭菜
ryuu-hi-ge-na

茴香
ウイキョウ
u-i-kyoo

荸薺
黒ぐわい
ku-ro-gu-wa-i

茭白筍
マコモダケ
ma-ko-mo-da-ke

紅鳳菜
金時草 / 水前寺菜
ki-n-ji-soo / su-i-ze-n-ji-na

地瓜葉
さつまいもの葉
sa-tsu-ma-i-mo no ha

(台灣大)芋頭
タロイモ
ta-ro-i-mo

冬瓜
冬瓜
too-ga-n

苦瓜
苦瓜
ni-ga-u-ri

木耳
きくらげ
ki-ku-ra-ge

常見的蔬菜

青花椰菜
ブロッコリー
bu-rok-ko-rii

白花椰菜
カリフラワー
ka-ri-fu-ra-waa

大白菜
ハクサイ
ha-ku-sa-i

青江菜
チンゲンサイ
chi-n-ge-n-sa-i

四季豆
インゲンマメ
i-n-ge-n-ma-me

青椒
ピーマン
pii-ma-n

紅蘿蔔
にんじん
ni-n-ji-n

秋葵
オクラ
o-ku-ra

茄子
なす
na-su

綠豆芽
モヤシ
mo-ya-shi

南瓜
カボチャ
ka-bo-cha

馬鈴薯
ジャガイモ
ja-ga-i-mo

蘆筍
アスパラガス
a-su-pa-ra-ga-su

菇類
キノコ
ki-no-ko

玉米
トウモロコシ
too-mo-ro-ko-shi

高麗菜
キャベツ
kya-be-tsu

瓠瓜
ヒョウタン
hyoo-ta-n

絲瓜
ヘチマ
he-chi-ma

那是什麼水果？
あれは何_{なん}の果物_{くだ もの}ですか？
a-re wa na-n no ku-da-mo-no de-su-ka?

那個水果叫蓮霧。
あれはレンブという果物_{くだ もの}です。
a-re wa re-n-bu to i-u ku-da-mo-no de-su.

在日本少見的水果

火龍果
ドラゴンフルーツ
do-ra-go-n-fu-ruu-tsu

百香果
パッションフルーツ
pas-sho-n-fu-ruu-tsu

楊桃
スターフルーツ
su-taa- fu-ruu-tsu

荔枝
ライチ
ra-i-chi

龍眼
竜眼_{りゅう がん}
ryuu-ga-n

釋迦
釈迦頭_{しゃ か とう}
sha-ka-too

酪梨
アボカド
a-bo-ka-do

柚子
ザボン
za-bo-n

甘蔗
サトウキビ
sa-too-ki-bi

李子
すもも
su-mo-mo

棗子
ナツメ
na-tsu-me

芭樂
グアバ
gu-a-ba

楊梅
ヤマモモ
ya-ma-mo-mo

榴槤
ドリアン
do-ri-a-n

波羅蜜
ぱらみつ
pa-ra-mi-tsu

⋯⋯ 常見的水果 ⋯⋯

柿子
かき
ka-ki

蘋果
りんご
ri-n-go

柳橙
オレンジ
o-re-n-ji

橘子
みかん
mi-ka-n

桃子
もも
mo-mo

梨
なし
na-shi

芒果
マンゴー
ma-n-goo

香蕉
バナナ
ba-na-na

西瓜
スイカ
su-i-ka

哈密瓜
メロン
me-ro-n

木瓜
パパイヤ
pa-pa-i-ya

葡萄
ぶどう
bu-doo

鳳梨
パイナップル
pa-i-nap-pu-ru

奇異果
キウイ
ki-u-i

草莓
イチゴ
i-chi-go

枇杷
ビワ
bi-wa

葡萄柚
グレープフルーツ
gu-ree-pu fu-ruu-tsu

櫻桃
さくらんぼ / チェリー
sa-ku-ra-n-bo / che-rii

要怎麼吃？

どうやって食べるんですか？
doo-yat-te ta-be-ru n-de-su-ka?

沾醬油吃。

しょう油で食べます。
shoo-yu de ta-be-ma-su.

調味料

鹽
塩
shi-o

糖
砂糖
sa-too

胡椒
こしょう
ko-shoo

辣椒
唐辛子
too-ga-ra-sh

黃芥末
からし
ka-ra-shi

番茄醬
ケチャップ
ke-chap-pu

醬油
しょう油
shoo-yu

辣油
ラー油
raa-yu

麻油
ごま油
go-ma a-bu-ra

蠔油
オイスターソース
o-i-su-taa soo-su

醋／黑醋
す／黒酢
su／ku-ro-zu

高湯
だし
da-shi

米酒
お米の酒
o-ko-me no sa-ke

味噌
味噌
mi-so

豆豉
トウチ
too-chi

51

芝麻醬	甜麵醬	豆瓣醬
ごまだれ	テンメンジャン	トウバンジャン
go-ma da-re	te-n-me-n-ja-n	too-ba-n-ja-n

餐具

筷子	刀子	叉子	湯匙
お箸	ナイフ	フォーク	スプーン
o-ha-shi	na-i-fu	foo-ku	su-puu-n

調羹	餐巾紙	濕紙巾	吸管
レンゲ	ナプキン	おしぼり	ストロー
re-n-ge	na-pu-ki-n	o-shi-bo-ri	su-to-roo

杯子	碗	碟子	醬油瓶
コップ	お茶碗	お皿	醬油さし
kop-pu	o-cha-wa-n	o-sa-ra	shoo-yu-sa-shi

要更換新盤子嗎？

新しいお皿に替えましょうか？
a-ta-ra-shi-i o-sa-ra ni ka-e-ma-shoo-ka?

要用刀子嗎？

ナイフを使いますか？
na-i-fu o tsu-ka-i-ma-su-ka?

再來一杯，怎麼樣？

もう一杯、いかがですか？
moo ip-pai, i-ka-ga de-su-ka?

那我就不客氣了。

じゃ、遠慮なく…。
ja, e-n-ryo na-ku….

再來一個	再來一碗	吃炒飯	酒
もう一個	**おかわり**	**チャーハン**	**お酒**
moo ik-ko	o-ka-wa-ri	chaa-ha-n	o-sa-ke

湯	味道	甜點	這個
スープ	**お味は**	**デザート**	**これ**
suu-pu	o-a-ji wa	de-zaa-to	ko-re

❀「いかがですか？」是「怎麼樣？」的意思。跟對方推薦或提議時，或是想問問感覺怎麼樣時，都可以用這句話。

有點辣喔～！

ちょっと辛いですよ。
chot-to ka-ra-i de-su-yo.

啊！真的有點辣。

あっ、本当にちょっと辛いですね。
a, ho-n-too ni chot-to ka-ra-i de-su-ne.

澀	甜	鹹	酸	苦
渋い	**甘い**	**しょっぱい**	**すっぱい**	**苦い**
shi-bu-i	a-ma-i	shop-pa-i	sup-pa-i	ni-ga-i

味道很濃(很重)	味道很淡	臭(味道強烈)	油膩
味が濃い	**味が薄い**	**匂いがきつい**	**脂っぽい**
a-ji ga ko-i	a-ji ga u-su-i	ni-o-i ga ki-tsu-i	a-bu-rap-po-i

❀「ちょっと～です。（那個有點～哦！）」這句話是提醒對方，那道菜有些特別的味道時可以用。

一句萬能話

1 請！
どうぞ！
doo-zo!

2 我請客！
ごちそうします！
go-chi-soo shi-ma-su!

3 不要客氣！
遠慮しないで！
e-n-ryo shi-na-i-de!

4 乾杯！
かんぱい！
ka-n-pa-i!

5 趁熱吃。
熱いうちにどうぞ。
a-tsu-i u-chi ni doo-zo.

 コラム

日式的乾杯很隨意？

日本人也跟台灣人一樣很愛乾杯喔！開動時先拿杯啤酒來大家一起乾杯，表示很高興互相認識或是安慰彼此平常的辛苦，這已經是普遍性的習慣了。但跟台灣人有所不同，日式的乾杯不用真的「乾」之外，他們通常只會乾第一杯，接下來自己想喝再喝就可以了！但是如果看到別人的杯子已經只有一半了，要記得幫忙倒酒喔！如果別人幫你倒酒，那你也要倒回去，被倒酒之前先把那杯喝完再請他倒才算有禮貌，但不用勉強。重點是，日本人是用「互相幫忙倒酒」來聯絡感情，喝酒的速度和節奏是很隨意的。所以看到他們自己拿起杯子來喝，你也不要說「你怎麼自己喝！」喔～。

日本有素食餐廳嗎？

大概沒有。

日本にはベジタリアンレストランはありますか？
ni-ho-n ni wa be-ji-ta-ri-a-n re-su-to-ra-n wa a-ri-ma-su-ka?

多分ありません。
ta-bu-n a-ri-ma-se-n.

有機店

有機食材の店
yuu-ki-sho-ku-za-i no mi-se

自助餐

ビュッフェ式食堂
byuf-fe shi-ki sho-ku-doo

吃到飽的火鍋店

食べ放題の鍋屋
ta-be-hoo-da-i no na-be-ya

鮮果汁店

フレッシュジュースバー
fu-res-shu juu-su baa

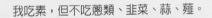

我吃素，但不吃蔥類、韭菜、蒜、薤。

私はベジタリアンですが、ねぎ類、ニラ、ニンニク、ラッキョウは食べません。
wa-ta-shi wa be-ji-ta-ri-an-n de-su-ga, ne-gi-ru-i, ni-ra,ni-n-ni-ku, rak-kyoo wa ta-be-ma-se-n.

我吃素，蛋奶也不吃。

私はベジタリアンで、牛乳も卵も食べません。
wa-ta-shi wa be-ji-te-ri-an-n-de, gyuu-nyuu mo ta-ma-go mo ta-be-ma-se-n.

コラム

素食

日本的素食現況

在日本想要找到素食餐廳很不容易。很多臺灣素食主義者到日本去旅行時，第一個碰到的問題是找不到能吃素食的餐廳。就算你找到素食餐廳，看到菜單上的價格就會嚇到。嗚嗚好貴哦！相對地，台灣是對素食主義者溫柔體貼的地方，到處都有素食餐廳，其種類也從自助式到點菜式或套餐式等非常之多。而且價格也又便宜又實惠。有機會帶日本人去吃飯，就算對方不吃素，也可以介紹給他們臺灣的先進素食環境。此次輪到你嚇嚇日本人哦！

要吃蒸的嗎？

有其他推薦的吃法嗎？

蒸して、食べますか？
mu-shi-te, ta-be-ma-su-ka?

ほかにおすすめの食べ方はありますか？
ho-ka ni o-su-su-me no ta-be-ka-ta wa a-ri-ma-su-ka?

煮 / 燒	炒	烤	煎	燙
煮て ni-te	炒めて i-ta-me-te	炙って a-but-te	焼いて ya-i-te	茹でて yu-de-te

炸	生吃	(砂鍋)煲 / 燉
揚げて a-ge-te	生で na-ma-de	土鍋で煮込んで do-na-be de ni-ko-n-de

加辣	做成湯	用鐵板燒
辛くして ka-ra-ku-shi-te	スープにして suu-pu ni shi-te	鉄板焼きにして tep-pa-n-ya-ki ni shi-te

「熱炒」可以說是台式的居酒屋，價錢公道，又好吃喔！

「熱炒」は台湾式居酒屋で、お財布にもやさしいし、おいしいですよ。
「ree-cha-o」wa ta-i-wa-n-shi-ki i-za-ka-ya de, o-sa-i-fu ni-mo ya-sa-shi-i shi,
o-i-shi-i de-su-yo.

コラム

請客一舉兩得

不知該帶日本人去哪裡吃飯嗎？這樣的時候，不如帶他們去熱炒店吃飯。除了東西又好吃又便宜之外，熱炒店還有魚缸可以挑選現撈新鮮活魚。日本人很重視魚的鮮度，所以看到現場撈魚的樣子，一定會很興奮。再說在日本那種現撈的魚是非常非常貴的。熱炒店價格很合理而且日本人也很喜歡，所以在熱炒店請日本人吃飯，可說是一舉兩得哦！

一句萬能話

1 這是招待的。
これはサービスです。
ko-re wa saa-bi-su de-su.

2 套餐是600元。
コースは６００元です。
koo-su wa rop-pya-ku ge-n de-su.

3 邊走邊吃吧。
歩きながら食べましょう。
a-ru-ki na-ga-ra ta-be-ma-shoo.

4 續攤吧！
もう一軒行きましょう。
moo ik-ken i-ki-ma-shoo.

5 多吃一點。
どんどん食べてください。
do-n-do-n ta-be-te ku-da-sa-i.

6 吃到飽。
食べ放題です。
ta-be-hoo-da-i de-su.

7 喝到飽。
飲み放題です。
no-mi-hoo-da-i de-su.

8 吃不完可以帶走。
食べ切れなかったら、お持ち帰りできます。
ta-be-ki-re-na-kat-ta-ra, o-mo-chi-ka-e-ri de-ki-ma-su.

你要吃 / 喝什麼?

何がいいですか?
na-ni ga ii de-su-ka?

我要芒果冰。

マンゴーカキ氷にします。
ma-n-goo-ka-ki-goo-ri ni shi-ma-su.

甜點 & 飲料

芒果布丁
マンゴープリン
ma-n-goo pu-ri-n

仙草
仙草ゼリー
se-n-soo ze-rii

愛玉
オーギョーチ
oo-gyoo-chi

🌸 = 愛玉

豆花
豆花
too-faa

湯圓
白玉団子
shi-ra-ta-ma da-n-go

杏仁豆腐
アンニン豆腐
a-n-ni-n doo-fu

綠豆湯
緑豆のおしるこ
ryo-ku-too no o-shi-ru-ko

珍珠奶茶
タピオカミルクティー
ta-pi-o-ka mi-ru-ku-tii

蜂蜜檸檬
はちみつレモン
ha-chi-mi-tsu re-mo-n

🌸 = パールミルクティー

布丁奶茶
プリン入りミルクティー
pu-ri-n i-ri mi-ru-ku-tii

焦糖奶茶
キャラメルミルクティー
kya-ra-me-ru mi-ru-ku-tii

葡萄柚綠茶
グレープフルーツ緑茶
gu-ree-pu-fu-ruu-tsu ryo-ku-cha

金桔檸檬
金柑檸檬ジュース
ki-n-ka-n re-mo-n juu-su

甜度與冰的調整

少糖	無糖	少冰	去冰
砂糖少なめ さ とう すく	無糖 む とう	氷少なめ こおり すく	氷なし こおり
sa-too su-ku-na-me	mu-too	koo-ri su-ku-na-me	koo-ri na-shi

蛋糕

草莓蛋糕
ショートケーキ
shoo-to kee-ki

泡芙
シュークリーム
shuu-ku-rii-mu

乳酪蛋糕
チーズケーキ
chii-zu kee-ki

巧克力蛋糕
チョコレートケーキ
cho-ko-ree-to kee-ki

巧克力布朗尼
チョコレートブラウニー
cho-ko-ree-to bu-ra-u-nii

提拉米蘇
ティラミス
ti-ra-mi-su

千層蛋糕
ミルクレープ
mi-ru-ku-ree-pu

千層派
ミルフィーユ
mi-ru-fii-yu

栗子蒙布朗
モンブラン
mo-n-bu-ra-n

戚風蛋糕
シフォンケーキ
shi-fo-n kee-ki

格子鬆餅
ワッフル
waf-fu-ru

蘋果派
アップルパイ
ap-pu-ru pa-i

蜂蜜蛋糕
カステラ
ka-su-te-ra

> 這家店的餐具很漂亮！
> **この店は食器がきれいです。**
> ko-no mi-se wa shok-ki ga ki-ree de-su.

> 啊！真的耶！
> **ああ、本当ですね。**
> aa, ho-n-too de-su-ne.

餐具
食器
shok-ki

服務生
店員
te-n-i-n

漂亮
きれい
ki-ree

裝潢
内装
na-i-soo

擺菜方式
盛り付け
mo-ri-tsu-ke

可愛
可愛い
ka-wa-ii

量
量
ryoo

種類
種類
shu-ru-i

多
多い
oo-i

菜
料理
ryoo-ri

甜點
スイーツ
su-ii-tsu

好吃
おいしい
o-i-shii

蛋糕
ケーキ
kee-ki

冰淇淋
アイスクリーム
a-i-su-ku-rii-mu

便宜
安い
ya-su-i

餅乾
クッキー
kuk-kii

套餐
セットメニュー
set-to me-nyuu

有人氣
人気
ni-n-ki

你喝酒嗎？

お酒は飲みますか？
o-sa-ke wa no-mi ma-su-ka?

我喝。

はい、飲みます。
ha-i, no-mi-ma-su.

咖啡

コーヒー
koo-hii

水

お水
o-mi-zu

茶

お茶
o-cha

日本茶

日本茶
ni-ho-n-cha

中國茶

中国茶
chuu-go-ku-cha

紅茶

紅茶
koo-cha

奶茶

ミルクティー
mi-ru-ku-tii

雞尾酒

カクテル
ka-ku-te-ru

茶

烏龍茶

ウーロン茶
uu-ro-n-cha

綠茶

緑茶
ryo-ku-cha

普洱茶

プーアル茶
puu-a-ru-cha

茉莉花茶

ジャスミンティー
ja-su-mi-n tii

水果茶

フルーツティー
fu-ruu-tsu tii

酒類

啤酒
ビール
bii-ru

🍀生啤酒
：生ビール

日本酒
日本酒
ni-ho-n-shu

威士忌
ウイスキー
u-i-su-kii

白蘭地
ブランデー
bu-ra-n-dee

伏特加
ウォッカ
wok-ka

琴酒
ジン
ji-n

龍舌蘭
テキーラ
te-kii-ra

紹興酒
紹興酒
shoo-koo-shu

高粱酒
高粱酒
koo-rya-n-shu

紅酒
赤ワイン
a-ka wa-i-n

白酒
白ワイン
shi-ro wa-i-n

伏特加萊姆
ウォッカライム
wok-ka ra-i-mu

馬丁尼
マティーニ
ma-tii-ni

鹹狗
ソルティードッグ
so-ru-tii-dog-gu

琴東尼
ジントニック
ji-n-to-nik-ku

血腥瑪麗
ブラッディーマリー
bu-rad-dii-ma-rii

新加坡司令
シンガポールスリング
shi-n-ga-poo-ru su-ri-n-gu

螺絲起子

スクリュードライバー

su-ku-ryuu-do-ra-i-baa

湯姆可林

トム・コリンズ

to-mu・ko-ri-n-zu

長島冰茶

ロングアイランドアイスティー

ro-n-gu a-i-ra-n-do a-i-su-tii

黛克瑞

ダイキリ

da-i-ki-ri

咖啡

咖啡

コーヒー

koo-hii

美式咖啡

アメリカン

a-me-ri-ka-n

綜合咖啡

ブレンド

bu-re-n-do

濃縮咖啡

エスプレッソ

e-su-pu-res-so

卡布奇諾

カプチーノ

ka-pu-chii-no

拿鐵

カフェラテ

ka-fe-ra-te

摩卡

モカ

mo-ka

焦糖瑪琪朵

キャラメルマキアート

kya-ra-me-ru-ma-ki-aa-to

冰咖啡

アイスコーヒー

a-i-su koo-hii

即溶咖啡

インスタントコーヒー

i-n-su-ta-n-to koo-hii

⋯⋯⋯⋯ 其他無酒精飲料 ⋯⋯⋯⋯

可樂
コーラ
koo-ra

健怡可樂

低カロリーコーラ
tee-ka-ro-rii koo-ra

漂浮可樂
コーラフロート
koo-ra fu-roo-to

🌸 零卡可樂：ゼロカロリーコーラ

沙士
ルートビア
ruu-to-bi-a

雪碧

スプライト
su-pu-ra-i-to

蘋果西打
アップルソーダ
ap-pu-ru soo-da

新鮮果汁
フレッシュジュース
fu-res-shu juu-su

果汁
ジュース
juu-su

木瓜牛奶
パパイヤミルク
pa-pa-i-ya mi-ru-ku

柳丁汁
オレンジジュース
o-re-n-ji juu-su

蘋果汁
りんごジュース
ri-n-go juu-su

葡萄柚汁
グレープフルーツジュース
gu-ree-pu-fu-ruu-tsu juu-su

芭樂汁
グアバジュース
gu-a-ba juu-su

可可亞
ココア
ko-ko-a

礦泉水
ミネラルウォーター
mi-ne-ra-ru woo-taa

這對身體很好。

これは、体にいいです。
ko-re wa, ka-ra-da ni ii de-su.

剛好適合我。

私にぴったりです。
wa-ta-shi ni pit-ta-ri de-su.

皮膚 **肌** ha-da	喉嚨 **のど** no-do	頭髮 **髪の毛** ka-mi no ke	血壓 **血圧** ke-tsu-a-tsu
腸胃 **胃腸** i-choo	肝臟 **肝臟** ka-n-zoo	減肥 **ダイエット** da-i-et-to	健康 **健康** ke-n-koo
養生強壯 **滋養強壯** ji-yoo-kyoo-soo	恢復疲勞 **疲労回復** hi-roo-ka-i-fu-ku		

のどが痛いです。
（喉嚨有點痛）

これ、どうぞ。これはのどにいいですよ。
（請喝這個。這個對喉嚨很好哦）

喝太多晚上可能睡不著。

飲みすぎると、夜寝られなくなりますよ。
no-mi-su-gi-ru to, yo-ru ne-ra-re-na-ku-na-ri-ma-su-yo.

愛玉對皮膚很好。

オーギョーチはお肌にいいですよ。
oo-gyoo-chi wa o-ha-da ni ii de-su-yo.

配蛋糕，這個茶很合適。

ケーキにはこのお茶がよく合います。
kee-ki ni wa ko-no o-cha ga yo-ku a-i-ma-su.

買東西去吧！

想要買茶葉嗎？

お茶、買^かいたいですか？

o-cha, ka-i-ta-i de-su-ka?

那來看看！

ちょっと見^みてみたいですね。

chot-to mi-te-mi-ta-i de-su-ne.

禮物 お土産 o-mi-ya-ge	衣服 服^{ふく} fu-ku	飾品 アクセサリー a-ku-se-sa-rii

生活小雜貨 雑貨^{ざっか} zak-ka	CD CD shii-dii	DVD DVD dii-bu-i-dii	書 本^{ほん} ho-n

飲料 飲^のみ物^{もの} no-mi-mo-no	雜誌 雑誌^{ざっし} zas-shi	中藥 漢方^{かんぽう} ka-n-poo

什麼 何^{なに} na-ni	什麼樣的東西 どんなもの do-n-na-mo-no	幾個 いくつ i-ku-tsu	哪個 どれ do-re

要去看工藝品嗎？

工芸品^{こうげいひん}を見^みに行^いきますか？

koo-gee-hi-n o mi ni i-ki-ma-su-ka?

這是打八折。　**20%**

これは、2割引きです。
ko-re wa, ni -wa-ri-bi-ki de-su.

這樣啊！

そうですか。
soo de-su-ka.

很貴的	便宜的	划算的	送你的 / 優待
高い	安い	お買い得	サービス
ta-ka-i	ya-su-i	o-ka-i-do-ku	saa-bi-su

試用品 / 樣品	現量版	免費送的	打85折
試供品	限定品	おまけ	15 % OFF
shi-kyoo-hi-n	ge-n-tee-hi-n	o-ma-ke	juu-go paa-se-n-to o-fu

品質很好的	品質不好的	買一送一
質がいい	質が悪い	ひとつ買うとひとつおまけ
shi-tsu ga ii	shi-tsu ga wa-ru-i	hi-to-tsu ka-u-to hi-to-tsu o-ma-ke

¥100　¥80

可以 / 不能便宜。

安くできますよ。/ できませんよ。
ya-su-ku de-ki-ma-su-yo. / de-ki-ma-se-n-yo.

啊！這樣啊？！

あっ、そうなんですか。
a, soo na-n de-su-ka.

試穿	量身訂做	衣服修改	調貨	換貨
試着	オーダーメード	サイズ直し	とりよせ	交換
shi-cha-ku	oo-daa-mee-do	sa-i-zu na-o-shi	to-ri-yo-se	koo-ka-n

試聽	試吃	試喝	討價還價	包裝
視聴	試食	試飲	交渉	プレゼント用に
shi-choo	shi-sho-ku	shi-i-n	koo-shoo	pu-re-ze-n-to yoo ni

一句萬能話

1
那，走吧！
じゃ、行きましょうか。
ja, i-ki-ma-shoo-ka.

2
請慢慢看。
ゆっくり見てください。
yuk-ku-ri mi-te ku-da-sa-i.

3
你喜歡嗎？
気に入りましたか？
ki ni i-ri-ma-shi-ta-ka?

4
有沒有喜歡的？
気に入ったのはありますか？
ki-ni-it-ta no wa a-ri-ma-su-ka?

5
要不要看別的？
他のも見ますか？
ho-ka no mo mi-ma-su-ka?

6
看是免費的。
見るのはただですよ。
mi-ru no wa ta-da de-su-yo.

7
要不要殺價看看？
値切ってみましょうか？
ne-git-te mi-ma-shoo-ka?

8
要幫你拿嗎？
持ちましょうか？
mo-chi-ma-shoo-ka?

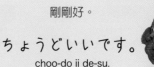

大小可以嗎？
サイズはどうですか？
sa-i-zu wa doo de-su-ka?

剛剛好。
ちょうどいいです。
choo-do ii de-su.

顏色
い ろ
色
i-ro

形狀
か た ち
形
ka-ta-chi

有點不行。
ちょっとだめですね。
chot-to da-me de-su-ne.

大小
お お
大きさ
oo-ki-sa

穿上的感覺
き ご こ ち
着心地
ki-go-ko-chi

布料
き じ
生地
ki-ji

花樣
が ら
柄
ga-ra

還有其他顏色。
ほ か　い ろ
他の色もあります。
ho-ka no i-ro mo a-ri-ma-su.

那，那個我也想看。
み
じゃあ、そっちも見たいです。
ja-a, soc-chi mo mi-ta-i de-su.

紅的
あ か
赤
a-ka

藍的
あ お
青
a-o

黑的
く ろ
黒
ku-ro

白的
し ろ
白
shi-ro

貴的
た か
高いの
ta-ka-i-no

便宜的
や す
安いの
ya-su-i-no

長的
な が
長いの
na-ga-i-no

短的
み じ か
短いの
mi-ji-ka-i no

大的
お お
大きいの
oo-kii-no

小的
ち い
小さいの
chii-sa-i-no

男生用的
だ ん せ い よ う
男性用
da-n-see-yoo

女生用的
じ ょ せ い よ う
女性用
jo-see-yoo

小孩用的
こ ど も よ う
子供用
ko-do-mo-yoo

情人穿
ペアールック
pe-aa-ruk-ku

69

我覺得可愛。
可愛いと思いますよ。
ka-wa-ii to o-mo-i-ma-su-yo.

是嗎？
そうですかねぇ。
soo de-su-ne.

很好	剛剛好	便宜	漂亮	適合你
いい	ちょうどいい	安い	きれいだ	お似合いだ
ii	choo-do ii	ya-su-i	ki-ree-da	o-ni-a-i-da

顏色不錯	形狀不錯	花樣不錯	太花俏	太樸素
色がいい	形がいい	柄がいい	ちょっと派手だ	ちょっと地味だ
i-ro ga ii	ka-ta-chi ga ii	ga-ra ga ii	chot-to ha-de-da	chot-to ji-mi-da

有點貴	有點大	有點小	很特別
ちょっと高い	ちょっと大きい	ちょっと小さい	変わってる
chot-to ta-ka-i	chot-to oo-kii	chot-to chii-sa-i	ka-wat-te-ru

顏色

白色	紅色	藍色	天空藍	深藍色	黃色
白	赤	青	水色	紺	黃色
shi-ro	a-ka	a-o	mi-zu-i-ro	ko-n	kii-ro

綠色	綠黃色	深綠色	紫色	粉紅色
緑	黃緑	深緑	紫	ピンク
mi-do-ri	ki-mi-do-ri	fu-ka-mi-do-ri	mu-ra-sa-ki	pi-n-ku

橘色	咖啡色	灰色	金色	銀色
オレンジ	茶色	グレー	金色	銀色
o-re-n-ji	cha-i-ro	gu-ree	ki-n-iro	gi-n-iro

一句萬能話

1
要不要試穿？
試着しますか？
shi-cha-ku shi-ma-su-ka?

2
很適合你啊。
似合ってますよ。
ni-at-te-ma-su-yo.

3
感覺不錯哦。
いい感じですよ。
ii ka-n-ji de-su-yo.

4
這個，覺得怎麼樣？
これなんかどうですか？
ko-re na-n-ka doo de-su-ka?

5
賣完了。
売り切れです。
u-ri-ki-re de-su.

6
沒有貨。
在庫切れです。
za-i-ko-gi-re de-su.

7
可以調貨。
取り寄せできますよ。
to-ri-yo-se de-ki-ma-su-yo.

8
這個款式只剩這個顏色。
この型はこの色しか残っていません。
ko-no ka-ta wa ko-no i-ro shi-ka no-kot-te-i-ma-se-n.

特產和禮物

買禮物，鳳梨酥是不錯的。因為很有名。

お土産にはパイナップルケーキがいいですよ。有名ですから。
o-mi-ya-ge ni wa pa-i-nap-pru-kee-ki ga ii de-su-yo. yuu-mee de-su ka-ra.

當送人的禮物再好不過了。

お土産にもってこいですね。
o-mi-ya-ge ni mot-te-ko-i de-su-ne.

中式點心 中華菓子 chuu-ka-ga-shi	酒 お酒 o-sa-ke

好吃。
おいしいです
o-i-shii de-su

茶具 茶器 cha-ki	陶瓷器 瀬戸物 se-to-mo-no

名產。
名産です
mee-sa-n de-su

傳統手工藝品 伝統工芸品 de-n-too koo-gee-hi-n	中國結 中国結 chuu-go-ku yu-i
珊瑚 サンゴ sa-n-go	玉 ヒスイ hi-su-i

在日本沒有。
日本にありません
ni-ho-n ni a-ri-ma-se-n

蜜餞

ドライフルーツ

do-ra-i fu-ruu-tsu

可以保存很久。

日持ちします

hi-mo-chi-shi-ma-su

手機吊飾

ストラップ

su-to-rap-pu

鐘錶

時計

to-kee

很實用。

実用的です

ji-tsu-yoo-te-ki de-su

項鍊

ネックレス

nek-ku-re-su

漂亮。

きれいです

ki-ree de-su

手環

ブレスレット

bu-re-su-ret-to

很流行。

流行ってます

ha-yat-te-i-ma-su

戒指

指輪

yu-bi-wa

耳環

ピアス

pi-a-su

有人氣。

人気があります

ni-n-ki ga a-ri-ma-su

日本人的話大概會喜歡這種的吧！

日本人ならこういうのがすきなんじゃないですか。

ni-ho-n-ji-n na-ra koo-i-u no ga su-ki na-n-ja-na-i de-su-ka.

這個是大家都喜歡的喔！

これは万人受けしますよ。

ko-re wa ba-n-ni-n u-ke shi-ma-su-yo.

一句萬能話

1

要買雜貨小物的話，就去永康街附近吧！

小物なら、永康街の付近がいいですよ。
ko-mo-no na-ra, ee-koo-gai no fu-ki-n ga ii de-su-yo.

2

要去時尚咖啡館的話，中山站捷運附近有很多家。

おしゃれなカフェなら、
中山駅の近くにたくさんありますよ。
o-sha-re-na ka-fe na-ra,
na-ka-ya-ma-e-ki no chi-ka-ku ni ta-ku-sa-n a-ri-ma-su-yo.

3

台北市政府附近有很大的書店哦。

台北市政府の近くに、大きい本屋がありますよ。
ta-i-pe-i-shi-see-fu no chi-ka-ku ni, oo-kii ho-n-ya ga a-ri-ma-su-yo.

4

要買手機吊飾的話，在建國玉市買比較便宜啊。

携帯ストラップなら、
建国ジェイドマーケットが安いですよ。
kee-ta-i-su-to-rap-pu na-ra,
ke-n-ko-ku je-i-do-maa-ket-to ga ya-su-i de-su-yo.

價錢怎麼樣？

「値段はどうですか？（你覺得這個價錢怎麼樣？）」「この値段は納得できますか？（這個價錢你能不能接受？）」這種話題對臺灣人來講，是很想問也是常問的一般問題，但是在日本人很少這樣直接問——這對他們來說太敏感了。日本人會覺得，如果回答「我覺得很貴」也許人家就以為我沒錢；如果回答「我覺得這很便宜」也許對方會認為我在炫耀。所以他們通常也不會問也不會回答，以避免產生誤會。

買三個，就600元。
3個で600元です。
さん こ　　　ろっ ぴゃく げん
sa-n ko de rop-pya-ku ge-n de-su.

真是便宜。
ずいぶん安いですね。
やす
zu-i-bu-n ya-su-i de-su-ne.

一個	兩張
いっ こ　1個	に まい　2枚
ik ko	ni ma-i

十元	兩百元
じゅう げん　10元	に ひゃく げん　200元
juu ge-n	ni hya-ku gen

三件	四瓶 / 條
さん ちゃく　3着	よん ほん　4本
sa-n cha-ku	yo-n ho-n

三千元	四萬元
さん ぜん げん　3000元	よん まん げん　40000元
sa-n ze-n ge-n	yo-n ma-n gen

五包	六本
ご ふ くろ　5袋	ろく さつ　6冊
go fu-ku-ro	ro-ku sa-tsu

送一個	送兩個
いっ こ　1個おまけ	に こ　2個おまけ
ik ko o-ma-ke	ni ko o-ma-ke

七箱 / 盒	八套
なな はこ　7箱	はち　8セット
na-na ha-ko	ha-chi set-to

扣○○元	半價
げん び　○○元引き	はん がく　50% OFF! 半額
○○ ge-n bi-ki	ha-n ga-ku

可以寄送。
宅配してくれますよ。
たく はい
ta-ku-ha-i-shi-te ku-re-ma-su-yo.

買越多賺越多。
買えば買うほどお得ですよ。
か　　　か　　　　　　　とく
ka-e-ba ka-u ho-do o-to-ku de-su-yo.

買10送1。
10個買うと、一つくれますよ。
じゅっ こ か　　　　　 ひと
juk-ko ka-u to, hi-to-tsu ku-re-ma-su-yo.

中式點心：適合送禮的

牛軋糖
ミルクヌガー
mi-ru-ku nu-gaa

太陽餅
蜂蜜入りパイ
ha-chi-mi-tsu i-ri pa-i

麻糬
もち菓子
mo-chi-ga-shi

月餅
ゲッペイ
gep-pee

綠豆糕
緑豆落雁
ryo-ku-too ra-ku-ga-n

綠豆酥
緑豆あん入りパイ
ryo-ku-too a-n i-ri pa-i

花生糖
ピーナッツの水あめ絡め
pii-nat-tsu no mi-zu-a-me ka-ra-me

魚酥
魚酥 ／ お魚スナック
yuu-suu / (o-sa-ka-na su-nak-ku)

鳳梨酥
パイナップルケーキ
pa-i-nap-pu-ru kee-ki

杏仁酥
アーモンドクッキー
aa-mo-n-do kuk-kii

貢糖
ピーナッツパウダーの砂糖菓子
pii-nat-tsu pa-u-daa no sa-too ga-shi

芒果布丁
マンゴプリン
ma-n-go pu-ri-n

大溪豆乾
大渓干し豆腐
daa-shii ho-shi doo-fu

豆腐乳
発酵大豆
ha-koo da-i-zu

鐵蛋
鉄卵
te-tsu-ta-ma-go

紹興酒
紹興酒
shoo-koo-shu

牛舌餅
パリパリ瓦煎餅
pa-ri-pa-ri ka-wa-ra-se-n-bee

烏魚子
カラスミ
ka-ra-su-mi

一句萬能話

1
保存期限為一個禮拜。
ほぞんきかん いっしゅうかん
保存期間は1週間です。
ho-zo-n ki-ka-n wa is-shuu ka-n de-su.

2
請盡早食用。
はや た
早めに食べてください。
ha-ya-me ni ta-be-te ku-da-sa-i.

3
常溫保存。
じょうおん ほぞん
常温で保存してください。
joo-o-n de ho-zo-n-shi-te ku-da-sa-i.

4
需冷藏。
れいぞうこ い
冷蔵庫に入れてください。
ree-zoo-ko ni i-re-te ku-da-sa-i.

5
請不要倒放。
さか
逆さにしないでください。
sa-ka-sa ni shi-na-i-de ku-da-sa-i.

6
避免陽光直射。
ちょくしゃ にっこう
直射日光をさけてください。
cho-ku-sha-nik-koo o sa-ke-te ku-da-sa-i.

7
容易破碎。
わ
割れやすいです。
wa-re ya-su-i de-su.

8
不能帶進日本。
にほん も かえ
日本に持ち帰れません。
ni-ho-n ni mo-chi ka-e-re-ma-se-n.

🌸 牛肉乾,雖然非常好吃也適合當做禮物,但不能帶去日本哦。

茶和中藥

茉莉花茶，很香。

ジャスミンティーは香りがいいです。
ja-su-mi-n-tii wa ka-o-ri ga ii de-su.

喔，真想喝喝看。

へえ、飲んでみたいですね。
hee, no-n-de-mi-ta-i de-su-ne.

龍井茶	烏龍茶
ロンジン茶	**ウーロン茶**
ro-n-ji-n-cha	u-ro-n-cha

凍頂烏龍	鐵觀音
凍頂ウーロン茶	**鉄観音**
too-choo-uu-ro-n-cha	tek-ka-n-no-n

東方美人	包種茶	高山茶
東方美人	**包種茶**	**高山茶**
too-hoo-bi-ji-n	hoo-shu-cha	koo-za-n-cha

金萱茶	菊花茶	花茶
金萱茶	**菊花茶**	**花茶**
ki-n-se-n-cha	ki-ku-ka-cha	ha-na-cha

普洱茶	水果茶
プーアル茶	**フルーツティー**
puu-a-ru-cha	fu-ruu-tsu-tii

薄荷茶	草本茶
ミントティー	**ハーブティー**
mi-n-to-tii	haa-bu-tii

好喝	有名
おいしい	**有名**
o-i-shii	yuu-mee

甘甜的	澀澀的
甘い	**渋い**
a-ma-i	shi-bu-i

味道很濃	味道很淡
味が濃い	**味が薄い**
a-ji ga ko-i	a-ji ga u-su-i

顏色很濃	顏色很淡
色が濃い	**色が薄い**
i-ro ga ko-i	i-ro ga u-su-i

清爽的香氣	芳醇的香味
爽やかな香り	**芳醇な香り**
sa-wa-ya-ka-na ka-o-ri	hoo-ju-n na ka-o-ri

滑溜順口的
のどごしがいい
no-do-go-shi ga ii

這個中藥對咳嗽有效。
この漢方薬は咳に効きます。
ko-no ka-n-poo wa se-ki ni ki-ki ma-su.

那，我也想買一些。
じゃ、ちょっとほしいです。
ja, chot-to ho-shi-i de-su.

感冒 かぜ ka-ze	頭痛 頭痛 zu-tsuu	腰痛 腰痛 yoo-tsuu	疲勞 疲労 hi-roo	疼痛 痛み i-ta-mi
眼睛疲勞 目の疲れ me no tsu ka-re	血壓 血圧 ke-tsu-a-tsu	鼻炎 鼻炎 bi-e-n	養生強壯 滋養強壮 ji-yoo-kyoo-soo	手腳冰冷 冷え性 hi-e-shoo
婦女病 婦人病 fu-ji-n-byoo	便秘 便秘 be-n-pi	失眠 不眠症 fu-mi-n-shoo	心臟 心臓 shi-n-zoo	腎臟 腎臓 ji-n-zoo

中藥名稱

人參 朝鮮人参 choo-se-n-ni-n-ji-n	當歸 当帰 too-ki	枸杞 クコの実 ku-ko no mi	靈芝 霊芝 ree-shi	鹿茸 鹿の角 shi-ka no tsu-no
杜仲 杜仲 to-chuu	海馬 タツノオトシゴ ta-tsu-no-o-to-shi-go	川芎 川きゅう se-n-kyuu	紅棗 なつめ na-tsu-me	桂皮 桂皮 kee-hi
山藥 山芋 ya-ma-i-mo	薏仁 ハト麦 ha-to-mu-gi	陳皮 ミカンの皮 mi-ka-n no ka-wa	枇杷乾 乾燥枇杷 ka-n-soo bi-wa	金桔 金柑 ki-n-ka-n

79

一句萬能話迪化街

1
可以感受懷舊氣氛，是其魅力。
古い雰囲気を味わえるのが魅力的です。
fu-ru-i fu-n-i-ki o a-ji-wa-e-ru no ga mi-ryo-ku te-ki de-su.

2
有商業庶民風情。
下町の風情が漂っています。
shi-ta-ma-chi no fu-zee ga ta-da-yot-te-i-ma-su.

3
有被指定為古蹟的建築物。
古跡に指定されている建物もあります。
ko-se-ki ni shi-tee-sa-re-te-i-ru ta-te-mo-no mo a-ri-ma-su.

4
有許多賣茶葉、中藥、南北乾貨、布的傳統商店。
茶葉や漢方薬、乾物、
布などを扱う伝統的なお店が多いです。
cha-ba ya ka-n-poo-ya-ku, hi-mo-no,
nu-no na-do o a-tsu-ka-u de-n-too-te-ki-na o-mi-se ga oo-i de-su.

5
是台北最古老的盤商街。
台北で最も古い問屋街です。
ta-i-pee de mot-to-mo fu-ru-i to-n-ya-ga-i de-su.

6
「霞海城隍廟」有祭拜牽姻緣的神祇月下老人。
「霞海城隍廟」では「月下老人」
という縁結びの神様も祭られています。
「shaa-ha-i-che-n-fa-n-byoo」de-wa「gek-ka-roo-ji-n」
to-i-u e-n-mu-su-bi no ka-mi-sa-ma mo ma-tsu-ra-re-te-i-ma-su.

7
要不要抽個愛情籤？
恋占いをしみてませんか？
ko-i-u-ra-na-i o shi-te-mi-ma-se-n-ka?

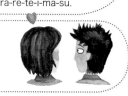

按摩和溫泉

你要做哪一個項目？

どのコースにしますか？
do-no koo-su ni shi-ma-su-ka?

我要做全身。

全身コースにします。
ze-n-shi-n koo-su ni shi-ma-su.

指壓	半身	腳底按摩
指圧コース shi-a-tsu koo-su	**半身コース** ha-n-shi-n koo-su	**足裏マッサージ** a-shi-u-ra mas-saa-ji

油壓	肩頸	刮痧
オイルマッサージ o-i-ri mas-saa-ji	**肩首コース** ka-ta ku-bi koo-su	**カッサマッサージ** kas-sa-mas-saa-ji

30分鐘	1個小時	兩個小時
３０分コース sa-n-jup-pu-n koo-su	**１時間コース** i-chi-ji-ka-n koo-su	**２時間コース** ni-ji-ka-n koo-su

這裡是肝臟的穴道。

ここは肝臓のツボです。
ko-ko wa ka-n-zoo no tsu-bo de-su.

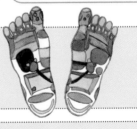

要不要試試拔罐療法？

「吸い玉療法」を試してみませんか？
「su-i-ta-ma-ryoo-hoo」o ta-me-shi-te-mi-ma-se-n-ka?

更衣室在那邊。
更衣室はあそこです。
koo-i-shi-tsu wa a-so-ko de-su.

那我就去了。
じゃ、ちょっと行ってきます。
ja, chot-to it-te-ki-ma-su.

三溫暖	水池	按摩水療池	男生浴室	女生浴室	鞋櫃
サウナ	水風呂	ジャグジー	男湯	女湯	下駄箱
sa-u-na	mi-zu-bu-ro	ja-gu-jii	o-to-ko-yu	o-n-na-yu	ge-ta-ba-ko

你要肥皂嗎？
石鹸、要りますか？
sek-ken, i-ri-ma-su-ka?

不用了。
いえ、大丈夫です。
i-e, da-i-joo-bu de-su.

洗髮精	沐浴精	毛巾	髮膠 / 髮蠟
シャンプー	ボディーソープ	タオル	整髪料
sha-n-puu	bo-dii-soo-pu	ta-o-ru	see-ha-tsu-ryoo

護髮乳	刮鬍刀	洗臉盆	吹風機
リンス	ひげそり	洗面器	ドライヤー
ri-n-su	hi-ge-so-ri	se-n-me-n-ki	do-ra-i-yaa

你想用個人池嗎？
個室風呂がいいですか？
ko-shi-tsu-bu-ro ga ii de-su-ka?

哪個都可以。
どちらでもいいですよ。
to-chi-ra de-mo ii de-su-yo.

大衆池	露天溫泉	附餐的	這邊的	那邊的
大浴場	露天風呂	食事付き	こっちの方	あっちの方
da-i-yo-ku-joo	ro-te-n-bu-ro	sho-ku-ji-tsu-ki	koc-chi no hoo	ac-chi no hoo

一句萬能話

1
腰不好。
腰が悪いです。
<small>こし　わる</small>
ko-shi ga wa-ru-i de-su.

2
心臟有點衰弱。
心臓が弱っています。
<small>しん　ぞう　よわ</small>
shi-n-zoo ga yo-wat-te i-ma-su.

3
請仰面躺下。
仰向けになってください。
<small>あお　む</small>
a-o-mu-ke ni nat-te ku-da-sa-i.

4
請俯臥躺下。
うつ伏せになってください。
<small>ふ</small>
u-tsu-bu-se ni nat-te ku-da-sa-i.

5
要再用力一點嗎？
もっと強くしますか？
<small>つよ</small>
mot-to tsu-yo-ku shi-ma-su-ka?

6
要輕一點嗎？
もっと弱くしますか？
<small>よわ</small>
mot-to yo-wa-ku shi-ma-su-ka?

7
癢不癢？
くすぐったいですか？
ku-su-gut-ta-i de-su-ka?

8
痛不痛？
痛いですか？
<small>いた</small>
i-ta-i de-su-ka?

一句萬能話

9
要不要延長？
延長しますか？
e-n-choo shi-ma-su-ka?

10
會不會太熱？
熱すぎますか？
a-tsu-su-gi ma-su-ka?

11
請不要著涼了。
体を冷やさないでください。
ka-ra-da o hi-ya-sa-na-i-de ku-da-sa-i.

12
請喝熱開水。
お湯を飲んでください。
o-yu o no-n-de ku-da-sa-i.

台灣按摩真有趣！

「足裏（腳底按摩）」「タイ式（泰式按摩）」「オイル（油壓按摩）」「指圧（指壓按摩）」「吸い玉（拔罐按摩）」，台灣的按摩種類繁多、技術高明，而且還有一些按摩師還會說簡單的日文，所以台灣的按摩很受到日本人的歡迎。

筆者以前去腳底按摩時，按摩師說我「うーん、肝臓が悪い」、「うーん、腎臓が悪い」，最後他說了一句「あなたは頭が悪い」！
日文裡的「頭が悪い」是「很笨」的意思，難道光按摩也可以知道我很笨？

夜市

我推薦士林夜市。

お勧めは士林夜市です。
すす シ ツン よ いち
o-su-su-me-wa shi-ri-n-yo-i-chi de-su.

那我們去看看吧！

じゃ、行ってみましょう。
い
ja, it-te-mi-ma-shoo.

饒河夜市
ジョウ ガ よ いち
joo-ga yo-i-chi

寧夏夜市
ネイ カ よ いち
ne-i-ka yo-i-chi

逢甲夜市
ホウ コウ よ いち
hoo-koo yo-i-chi

廟口夜市
ビョウ コウ よ いち
byoo-koo yo-i-chi

華西街観光夜市
カ セイ ガイ かん こう よ いち
ka-se-i-ga-i-ka-n-koo yo-i-chi

花園夜市
カ エン よ いち
ka-e-n yo-i-chi

羅東夜市
ラ トウ よ いち
ra-too yo-i-chi

三和夜市
サン ワ よ いち
sa-n-wa yo-i-chi

六和夜市
ロク ワ よ いち
ro-ku-wa yo-i-chi

夜市遊戲

釣蝦

エビ釣り
つ
e-bi-tsu-ri

撈魚

金魚すくい
きん ぎょ
ki-n-gyo su-ku-i

射飛標

ダーツ
daa-tsu

小遊戲

ミニゲーム
mi-ni-gee-mu

套圈圈

輪投げ
わ な
wa-na-ge

套瓶子

瓶立てゲーム
びん た
bi-n-ta-te-gee-mu

夜市彈珠台

夜市パチンコ
よ いち
yo-i-chi-pa-chi-n-ko

一句萬能話

1
夜市是庶民的天堂。
夜市（よいち）は庶民（しょみん）のパラダイスです。
yo-i-chi wa sho-mi-n no pa-ra-da-i-su de-su.

2
(營業時間)下午5點到深夜1點左右。
午後（ごご）5時（じ）ごろから深夜（しんや）1時（じ）ぐらいまでです。
go-go go-ji go-ro ka-ra shi-n-ya i-chi-ji gu-ra-i ma-de de-su.

3
擺有許多攤子。
多（おお）くの屋台（やたい）が並（なら）んでいます。
oo-ku no ya-ta-i ga na-ra-n-de-i-ma-su.

4
有許多便宜的食物及衣服、飾品等等。
安（やす）い食（た）べ物（もの）や服（ふく）、
アクセサリーがたくさんあります。
ya-su-i ta-be-mo-no ya fu-ku,
a-ku-se-sa-rii ga ta-ku-sa-n a-ri-ma-su.

 コラム

人氣夜市！

我帶日本友人去夜市時，他們常常驚訝地問道：

「毎日（まいにち）やってるんですか？（這個每天都有嗎？）」
「今日（きょう）は特別（とくべつ）な日（ひ）なんですか？（今天是特別的日子嗎？）」
「縁日（えんにち）みたい！（好像廟會喔！）」

由此可知在日本人是多麼地驚訝深夜還可以看到這麼熱鬧的地方，因為在日本這是很少見的。筆者剛到台灣時也是很驚訝，但是現在夜市可說已是我生活中的一部分了。心情不好時，到夜市晃晃，很不可思議地就可以得到許多的能量，一切不愉快都煙消雲散了。

寺廟／算命

這神明是海之神。

この神様は海の神様です。

ko-no ka-mi-sa-ma wa u-mi no ka-mi-sa-ma de-su.

臉好精緻啊！

きれいなお顔ですね。

ki-re-i na o-ka-o de-su-ne.

玉皇大帝

開運的

開運の

ka-i-u-n no

天上聖母／媽祖
萬能的

万能の

ba-n-noo no

土地公

保護居民的

村人を守る

mu-ra-bi-to o ma-mo-ru

城隍老爺

保佑地區的

地域を守る

chi-i-ki o ma-mo-ru

關聖帝君
保佑生意興隆的

商売繁盛の

shoo-ba-i ha-n-joo no

保生大帝

保佑健康和長壽的

医療と長寿の

i-ryoo to choo-ju no

文昌帝君／孔子
保佑學業進步的

学業成就の

ga-ku-gyoo joo-ju no

註生娘娘

保佑早生貴子的

子宝の

ko-da-ka-ra no

月下老人
幫助找到好姻緣的

縁結びの

e-n-mu-su-bi no

請在這裡鞠躬。

ここでおじぎしてください。
ko-ko de o-ji-gi-shi-te ku-da-sa-i.

這樣嗎？

こうですか？
koo de-su-ka?

點香	插香	許願
線香に火をつけて se-n-koo ni hi o tsu-ke-te	**線香をさして** se-n-koo o sa-shi-te	**願い事を言って** ne-ga-i-go-to o it-te

投功德錢	三鞠躬	抽籤
お賽銭を入れて o-sa-i-se-n o i-re-te	**三回おじぎして** sa-n ka-i o-ji-gi shi-te	**おみくじを引いて** o-mi-ku-ji o hii-te

香
線香
se-n-koo

籤
おみくじ
o-mi-ku-ji

蠟燭
ろうそく
roo-so-ku

功德箱
お賽銭箱
sa-i-se-n-ba-ko

香爐
香炉
koo-ro

供品
お供え物
o-so-na-e-mo-no

杯笅
占いの道具
u-ra-na-i no doo-gu

金銀紙
神様や先祖にあげるお金
ka-mi-sa-ma ya se-n-zo ni a-ge-ru-o-ka-ne

コラム

寺／宮／廟

我常被日本朋友問，「寺、宮、廟有什麼不同？」。如果是你的話要怎麼回答呢？我通常這樣回答。「寺は仏教のです。」「宮と廟は道教のです。」「普通、宮は廟より規模が大きいですが、今ではほとんど同じです。」。（寺是屬於佛教的，宮與廟是屬於道教的。一般來說，宮的規模比廟較大，不過現在大同小異了。）

燒紙錢與擲筊

台灣的「燒紙錢」是很有趣的習俗，曾有日本朋友看到路旁有人用紅色桶子燒東西，問道「那是燒什麼？」我打趣地回答「是燒錢」，他們可是嚇了一大跳呢！還有他們也會問我，神明也是用錢來打交道的嗎？這個我就無法回答了。我都回答「台灣人的信仰非常親民，似乎認為那個世界跟現實生活的世界是一樣的」。

還有「擲筊」，利用「擲筊」解開心中的疑惑，或是略為探知不可知的未來，對日本人來說也是既有趣又神秘。可以利用下面的日文向日本朋友解釋「擲筊」的方式：

お線香をあげてから、杯筊を持って、神様に名前、生年月日、住所とお願いごとを伝えます。

（上香後向神明說明自己姓名、生辰、地址、欲請示的事情）

それから、杯筊を軽く地面に投げます。

（然後，輕輕地將杯筊往地上擲下）

もし「一つが凸面で一つが平面」（聖筊）なら、大吉、大丈夫、してもいいを表します。

（聖杯表示大吉、可以、同意。）

もし「二つとも平面」（笑筊）なら、まだ定まっていない。今度もう一度。

（笑杯表示主意未定，再請示。）

もし「二つとも凸面」（陰筊）なら、凶、だめ、してはいけないを表します。

（陰杯表示凶、不行、不准。）

要不要試試算命？

「占(うらな)い」を試(ため)してみませんか？
u-ra-na-i o ta-me-shi-te-mi-ma-se-n-ka?

好的。

ぜひ！
ze-hi!

紫微斗數	米卦	手相 / 面相	龜卦
紫微斗数	米粒占い	手相 / 面相	亀占い
shi-bi-to-suu	ko-me-tsu-bu-u-ra-na-i	te-soo / me-n-soo	ka-me-u-ra-na-i

鳥卦	姓名算命	八字算命	風水
文鳥占い	姓名占い	四柱推命	風水
bu-n-choo-u-ra-na-i	see-mee-u-ra-na-i	shi-chuu-su-i-mee	fuu-su-i

事先查好自己的生辰八字。

生(う)まれた時刻(じこく)(何時何分(なんじなんぷん))を調(しら)べておきましょう。
u-ma-re-ta ji-ko-ku (na-n-ji-na-n-pu-n) o shi-ra-be-te o-ki-ma-shoo.

算命的結果，參考就好。

占(うらな)いの結果(けっか)は参考程度(さんこうていど)にとどめましょう。
u-ra-na-i no kek-ka wa sa-n-koo-tee-do ni to-do-me-ma-shoo.

如果不需要開運小物，就明確拒絕。

開運(かいうん)グッズなどがいらないなら、はっきり断(ことわ)りましょう。
ka-i-u-n guz-zu na-do ga i-ra-na-i na-ra, hak-ki-ri ko-to-wa-ri-ma-shoo.

 コラム 📷

算命真奇妙！

日本也有算命，而且種類也不少，但是「文鳥占(ぶんちょううらな)い」是日本沒有的。台灣人在算命攤上看到文鳥，就馬上意會那是「鳥卦」，但是日本人則要經過一番說明才能意會。數年前某日本節目來台灣採訪時，節目中的某藝人在鳥卦中抽出了車禍血光的牌，之後該藝人竟然在一、二個月後因為車禍雙手骨折。那時我心中就湧現了一個疑問：算命師跟鳥，到底是人養鳥，還是鳥養人啊？！

夜生活

你要遙控器嗎？

リモコン、要りますか？
ri-mo-ko-n, i-ri-ma-su-ka?

謝謝。

はい、ありがとうございます。
ha-i, a-ri-ga-too-go-za-i-ma-su.

麥克風	樂器	鈴鼓	沙鈴
マイク	楽器	タンバリン	マラカス
ma-i-ku	gak-ki	ta-n-ba-ri-n	ma-ra-ka-su

菸灰缸	歌本	飲料	食物
灰皿	曲リスト	飲み物	食べ物
ha-i-za-ra	kyo-ku ri-su-to	no-mi-mo-no	ta-be-mo-no

請盡量唱。

どんどん歌ってください。
do-n-do-n u-tat-te ku-da-sa-i.

那，我就不客氣了。

じゃ、遠慮なく。
ja, e-n-ryo-na-ku.

點歌	跳舞	吃	喝
入れて	おどって	食べて	飲んで
i-re-te	o-dot-te	ta-be-te	no-n-de

歡樂	熱烈起來	點
楽しんで	盛り上って	注文して
ta-no-shi-n-de	mo-ri-a-gat-te	chuu-mo-n-shi-te

好棒的歌啊！

へえ、素敵な歌ですね。
hee, su-te-ki na u-ta de-su-ne.

這是現在很流行的歌。

これは今流行りの歌です。
ko-re wa i-ma ha-ya-ri no u-ta de-su.

台語	客家話	廣東話	香港
台湾語	客家語	広東語	香港
ta-i-wa-n-go	hak-ka-go	ka-n-to-n-go	ho-n-ko-n

以前	最近	周杰倫
昔	最近	J・チョウ 
mu-ka-shi	sa-i-ki-n	je-i choo

著名歌手

有名な歌手
yuu-mee na ka-shu

No.?

コラム

KTV 大不同

日本的「カラオケ」早就在台灣落地生根，深入台灣人的生活中。台灣的「KTV」也就是日本的「カラオケボックス」，就是包廂式的「卡拉 OK」。日本、台灣的 KTV 硬體設備大同小異，但是唱歌文化卻略有不同。

在台灣：
- 別人點的歌也可以一起唱。
- 想唱的人就唱。不重視唱歌的人之順序。
- 別人唱歌時，你可以跟旁邊的人聊天。
- 沒有經過同意，也可以幫大家點歌。

在日本：
- 別人點的歌，儘量讓他自己唱，不要一起唱而搶了他的風頭。
- 重視唱歌順序，儘量依順序輪流唱。
- 別人唱歌時，儘量表現專心的態度！
- 幫別人點歌時，禮貌地問一下對方是否可以唱某首歌給大家聽。

一句萬能話

1
跟我合唱吧！
デュエットしましょう。
du-et-to shi-ma-shoo.

2
要不要一起唱？
一緒に歌いませんか？
is-sho ni u-ta-i-ma-se-n-ka?

3
要不要幫你點歌？
曲を入れましょうか？
kyo-ku o i-re-ma-shoo-ka?

4
幾號？
何番ですか？
na-n-ba-n de-su-ka?

5
輪到你哦。
〇〇さんの番ですよ。
〇〇sa-n no ba-n de-su-yo.

6
要不要點些東西吃？
何か食べ物を注文しませんか？
na-ni ka ta-be-mo-no o chuu-mo-n-shi-ma-se-n-ka?

7
要不要點啤酒之類的飲料？
ビールとか飲み物を注文しませんか？
bii-ru to-ka no-mi-mo-no o chuu-mo-n-shi-ma-se-n-ka?

8
這是我的拿手歌。
これは私の得意な歌です。
ko-re wa wa-ta-shi no to-ku-i na u-ta de-su.

9
這是我常唱的歌。
これは私の十八番です。
ko-re wa wa-ta-shi no o-ha-ko de-su.

小心台階。

段差に気を付けてください。
da-n-sa ni ki o tsu-ke-te ku-da-sa-i.

好的，我會小心的。

はい、気をつけます。
ha-i, ki o tsu-ke-ma-su.

扒手
すりに
su-ri ni

車輛
車に
ku-ru-ma ni

菸蒂的火
煙草の火に
ta-ba-ko no hi ni

醉漢
酔っ払いに
yop-pa-ra-i ni

隨身攜帶的物品
忘れ物に
wa-su-re-mo-no ni

貴重物品
貴重品に
ki-choo-hi-n ni

錢包
お財布に
o-sa-i-fu ni

因為很暗
暗いですから
ku-ra-i de-su ka-ra

送你到飯店吧。

ホテルまで送ります。
ho-te-ru ma-de o-ku-ri-ma-su.

我一個人沒問題。

一人でも大丈夫です。
hi-to-ri de-mo da-i-joo-bu de-su.

車站
駅
e-ki

捷運站
MRTの駅
e-mu aa-ru tii no e-ki

最近的捷運站
最寄りの駅
mo-yo-ri no e-ki

下一個目的地
次の場所
tsu-gi no ba-sho

店
店
mi-se

餐廳
レストラン
re-su-to-ra-n

碰面的地方
待ち合わせの場所
ma-chi-a-wa-se no ba-sho

生病／受傷

你怎麼了？

どうしたんですか？
doo shi-ta-n de-su-ka?

我頭痛。

頭が痛いんです。
a-ta-ma ga i-ta-i n-de-su.

感覺

睏	痛
眠い	痛い
ne-mu-i	i-ta-i

不舒服

気持ちが悪い
ki-mo-chi ga wa-ru-i

累	難過
疲れた	苦しい
tsu-ka-re-ta	ku-ru-shii

癢	全身無力
かゆい	だるい
ka-yu-i	da-ru-i

發冷畏寒

悪寒がする
o-ka-n ga su-ru

症狀

咳嗽	胸悶
咳が出る	胸が苦しい
se-ki ga de-ru	mu-ne ga ku-ru-shii

鼻塞	流鼻水
鼻がつまる	鼻水が出る
ha-na ga tsu-ma-ru	ha-na-mi-zu ga de-ru

喘不過氣	拉肚子
息切れがする	下痢している
i-ki-gi-re ga su-ru	ge-ri shi-te-i-ru

便秘	頭暈
便秘している	めまいがする
be-n-pi shi-te-i-ru	me-ma-i ga su-ru

打噴嚏	起疹
くしゃみが出る	湿疹が出ている
ku-sha-mi ga de-ru	shis-shi-n ga de-te-i-ru

宿醉	起蕁麻疹
二日酔いな	蕁麻疹が出ている
fu-tsu-ka-yo-i na	ji-n-ma-shi-n ga de-te-i-ru

95

覺得不舒服嗎？

気持ちが悪いんですか？
ki-mo-chi ga wa-ru-i n-de-su-ka?

嗯，有一點。

ええ、そうなんです。
ee, soo na-n-de-su.

外傷

受傷	手指切傷	撞到頭
ケガをした ke-ga o shi-ta	指を切った yu-bi o kit-ta	頭を打った a-ta-ma o ut-ta

燙傷	被小刺刺到	閃到腰
やけどした ya-ke-do shi-ta	とげが刺さった to-ge ga sa-sat-ta	腰を捻った ko-shi o hi-net-ta

撞傷	扭傷	瘀青
打撲した da-bo-ku shi-ta	捻挫した ne-n-za shi-ta	痣ができた a-za ga de-ki-ta

骨折	戳傷手指	不能止血
骨折した kos-se-tsu shi-ta	突き指をした tsu-ki-yu-bi o shi-ta	血が止まらない chi ga to-ma-ra-na-i

宿醉嗎？

二日酔いなんですか？
fu-tsu-ka-yo-i na-n de-su-ka?

是啊，昨天喝太多了。

ええ、昨日飲みすぎたんです。
ee, ki-noo no-mi-su-gi-ta n-de-su.

頭暈嗎？

めまいがするんですか？
me-ma-i ga su-ru n-de-su-ka?

是的，今天早上開始，一直這樣。

ええ、今朝からずっと。
ee, ke-sa ka-ra zut-to.

哪裡痛？

どこが痛いんですか？
do-ko ga i-ta-i-n-de-su-ka?

胃很痛。

胃が痛いんです。
i ga i-ta-i-n-de-su.

部位

頭 あたま **頭** a-ta-ma	腳／腿 あし **足** a-shi
眼睛 め **目** me	背 せなか **背中** se-na-ka
關節 かんせつ **関節** ka-n-se-tsu	牙齒 は **歯** ha
肚子 **おなか** o-na-ka	喉嚨 **のど** no-do
臉 かお **顔** ka-o	耳朵 みみ **耳** mi-mi
關節 かんせつ **関節** ka-n-se-tsu	筋 すじ **筋** su-ji

疼痛的表現

嗡嗡地強烈疼痛 **ガンガン痛い** ga-n-ga-n i-ta-i	一跳一跳地痛 **ずきずき痛い** zu-ki-zu-ki i-ta-i
一陣陣地跳痛 **ずきんずきん痛い** zu-ki-n-zu-ki-n i-ta-i	刺刺地痛 **チクチク痛い** chi-ku-chi-ku i-ta-i

麻麻地痛

しびれるように痛い
shi-bi-re-ru yoo-ni i-ta-i

陣陣劇痛

うずくように痛い
u-zu-ku yoo-ni i-ta-i

火辣辣地痛（曬傷時的感覺）

ヒリヒリ痛い
hi-ri-hi-ri i-ta-i

隱隱作痛 にぶいた **鈍く痛い** ni-bu-ku i-ta-i	劇痛 はげいた **激しく痛い** ha-ge-shi-ku i-ta-i

有多痛？

どのくらい痛いんですか？
do-no ku-ra-i i-ta-i n-de-su-ka?

非常痛。

すごく痛いんです。
su-go-ku i-ta-i n-de-su.

痛得要命 **死ぬほど痛い** shi-nu-ho-do i-ta-i	
痛得非常劇烈 **ものすごく痛い** mo-no-su-go-ku i-ta-i	
相當痛 **相当痛い** soo-too i-ta-i	
非常痛 **とても痛い** to-te-mo i-ta-i	
很痛 **けっこう痛い** kek-koo i-ta-i	
有一點痛 **ちょっと痛い** chot-to i-ta-i	
稍微痛 **なんとなく痛い** na-n-to-na-ku i-ta-i	

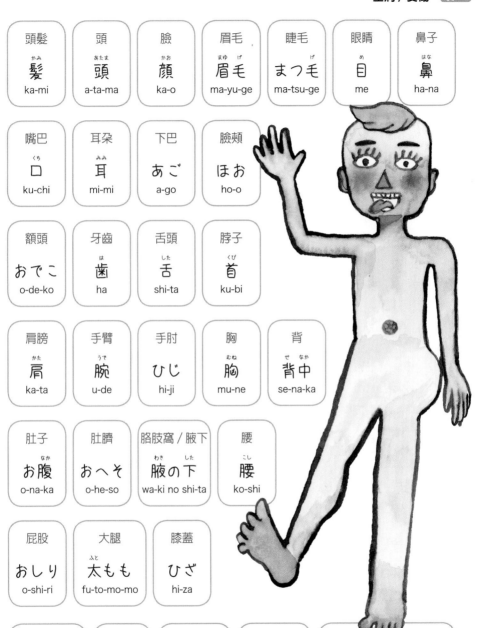

頭髮	頭	臉	眉毛	睫毛	眼睛	鼻子
髮 かみ ka-mi	頭 あたま a-ta-ma	顔 かお ka-o	眉毛 まゆげ ma-yu-ge	まつ毛 まつげ ma-tsu-ge	目 め me	鼻 はな ha-na

嘴巴	耳朵	下巴	臉頰
口 くち ku-chi	耳 みみ mi-mi	あご a-go	ほお ho-o

額頭	牙齒	舌頭	脖子
おでこ o-de-ko	歯 は ha	舌 した shi-ta	首 くび ku-bi

肩膀	手臂	手肘	胸	背
肩 かた ka-ta	腕 うで u-de	ひじ hi-ji	胸 むね mu-ne	背中 せなか se-na-ka

肚子	肚臍	胳肢窩／腋下	腰
お腹 なか o-na-ka	おへそ o-he-so	腋の下 わき した wa-ki no shi-ta	腰 こし ko-shi

屁股	大腿	膝蓋
おしり o-shi-ri	太もも ふと fu-to-mo-mo	ひざ hi-za

小腿	脚／腿	脚底	脚尖	脚跟	脚趾
ふくらはぎ fu-ku-ra-ha-gi	足 あし a-shi	足の裏 あし うら a-shi no u-ra	つまさき tsu-ma-sa-ki	かかと ka-ka-to	足の指 あし ゆび a-shi no yu-bi

手
手
te

指甲
爪
tsu-me

手腕
手首
て くび
te-ku-bi

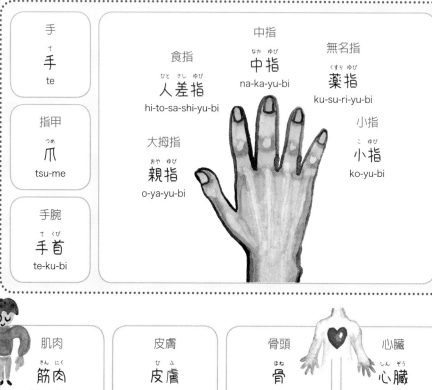

食指
人差指
ひと さし ゆび
hi-to-sa-shi-yu-bi

中指
中指
なか ゆび
na-ka-yu-bi

無名指
薬指
くすり ゆび
ku-su-ri-yu-bi

大拇指
親指
おや ゆび
o-ya-yu-bi

小指
小指
こ ゆび
ko-yu-bi

肌肉
筋肉
きん にく
ki-n-ni-ku

皮膚
皮膚
ひ ふ
hi-fu

骨頭
骨
ほね
ho-ne

心臟
心臓
しん ぞう
shi-n-zoo

胃
胃
い
i

腸
腸
ちょう
choo

腎臟
腎臓
じん ぞう
ji-n-zoo

肝臟
肝臓
かん ぞう
ka-n-zoo

食道
食道
しょく どう
sho-ku-doo

肺
肺
はい
ha-i

膀胱
膀胱
ぼう こう
boo-koo

生殖器
性器
せい き
see-ki

肋骨
肋骨
ろっ こつ
rok-ko-tsu

氣管
気管
き かん
ki-ka-n

甲狀腺
甲状腺
こう じょう せん
koo-joo-se-n

血管
血管
けっ かん
kek-ka-n

一句萬能話

1
你沒事嗎？
大丈夫ですか？
da-i-joo-bu de-su-ka?

2
能不能走路？
歩けますか？
a-ru-ke-ma-su-ka?

3
可以站起來嗎？
立てますか？
ta-te-ma-su-ka?

4
你能上車嗎？
車に乗れますか？
ku-ru-ma ni no-re-ma-su-ka?

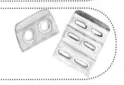

5
你有帶藥嗎？
薬を持っていますか？
ku-su-ri o mot-te i-ma-su-ka?

6
要不要幫你去買藥？
薬を買って来ましょうか？
ku-su-ri o kat-te ki-ma-shoo-ka?

7
要不要帶你去看醫生？
病院へ行きましょうか？
byoo-i-n e i-ki-ma-shoo-ka?

8
躺著休息比較好。
横になった方がいいですよ。
yo-ko ni nat-ta hoo ga ii de-su-yo.

在醫院

掛號櫃檯在哪裡？

受付はどこですか？
u-ke-tsu-ke wa do-ko de-su-ka?

掛號櫃檯在那裡。

受付はあそこです。
u-ke-tsu-ke wa a-so-ko de-su.

門診	檢查室	批價	領藥	洗手間
診察室	検査室	支払い	薬局	トイレ
shi-n-sa-tsu-shi-tsu	ke-n-sa-shi-tsu	shi-ha-ra-i	yak-kyo-ku	to-i-re

請把姓名填在這裡。

ここに名前を記入してください。
ko-ko ni na-ma-e o ki-nyuu shi-te ku-da-sa-i.

用日文可以嗎？

日本語でいいんですか？
ni-ho-n-go de ii n-de-su-ka?

出生年月日	年齡	性別	護照號碼
生年月日	年齢	性別	パスポート番号
see-ne-n-gap-pi	ne-n-ree	see-be-tsu	pa-su-poo-to ba-n-goo

症狀	何時開始有症狀	是否有過敏
症状	いつからその症状があるか	アレルギーの有無
shoo-joo	i-tsu ka-ra so-no shoo-joo ga a-ru-ka	a-re-ru-gii no u-mu

コラム

日本人在台就診

台北的臺安醫院有日文特診哦！如果有日文看診之需要，可以帶病人去臺安醫院特診中心就診。

臺安醫院　http://www.tahsda.org.tw/pcc/pccJapanese/
TEL：(02) 2776-2654・2771-8151 ext.2670～2672

有慢性病嗎？

持病<ruby>持病<rt>じ びょう</rt></ruby>はありますか？
ji-byoo wa a-ri-ma-su-ka?

有。／ 沒有。

はい、あります。／ いいえ、ありません。
ha-i, a-ri-ma-su. / ii-e, a-ri-ma-se-n.

過敏

アレルギー
a-re-ru-gii

藥物過敏

<ruby>薬<rt>くすり</rt></ruby>のアレルギー
ku-su-ri no a-re-ru-gii

抽菸的習慣

<ruby>喫煙<rt>きつ えん</rt></ruby>の<ruby>習慣<rt>しゅう かん</rt></ruby>
ki-tsu-e-n no shuu-ka-n

喝酒的習慣

<ruby>飲酒<rt>いん しゅ</rt></ruby>の<ruby>習慣<rt>しゅう かん</rt></ruby>
i-n-shu no shuu-ka-n

懷孕的可能性

<ruby>妊娠<rt>にん しん</rt></ruby>の<ruby>可能性<rt>か のう せい</rt></ruby>
ni-n-shi-n no ka-noo-see

開刀的經驗

<ruby>手術<rt>しゅ じゅつ</rt></ruby>の<ruby>経験<rt>けい けん</rt></ruby>
shu-ju-tsu no kee-ke-n

發燒

<ruby>熱<rt>ねつ</rt></ruby>
ne-tsu

健保

<ruby>保険<rt>ほ けん</rt></ruby>
ho-ke-n

接下來要做什麼？

これから<ruby>何<rt>なに</rt></ruby>をすればいいんですか？
ko-re-ka-ra na-ni o su-re-ba ii n-de-su-ka?

在這裡量血壓。

ここで<ruby>血圧<rt>けつ あつ</rt></ruby>を<ruby>測<rt>はか</rt></ruby>ります。
ko-ko de ke-tsu-a-tsu o ha-ka-ri-ma-su.

量體溫

<ruby>検温<rt>けん おん</rt></ruby>し
ke-n-o-n shi

打點滴

<ruby>点滴<rt>てん てき</rt></ruby>をし
te-n-te-ki o shi

照X光

レントゲンを<ruby>撮<rt>と</rt></ruby>り
re-n-to-ge-n o to-ri

消毒

<ruby>消毒<rt>しょう どく</rt></ruby>をし
shoo-do-ku o shi

檢查

<ruby>検査<rt>けん さ</rt></ruby>をし
ke-n-sa o shi

脫衣服

<ruby>服<rt>ふく</rt></ruby>を<ruby>脱<rt>ぬ</rt></ruby>ぎ
fu-ku o nu-gi

打針

<ruby>注射<rt>ちゅう しゃ</rt></ruby>をし
chuu-sha o shi

換衣服

<ruby>服<rt>ふく</rt></ruby>を<ruby>着替<rt>き が</rt></ruby>え
fu-ku o ki-ga-e

請給醫師看肚子。

お腹を見せてください。
o-na-ka o mi-se-te ku-da-sa-i.

好，我了解了。

はい、分かりました。
ha-i, wa-ka-ri-ma-shi-ta.

舌頭	喉嚨	背	鼻孔
舌 shi-ta	のど no-do	背中 se-na-ka	鼻の穴 ha-na no a-na

耳孔	手掌	手背	傷口
耳の穴 mi-mi no a-na	手のひら te no hi-ra	手の甲 te no koo	傷口 ki-zu-gu-chi

患部	痛的地方	癢的地方	腫的地方
患部 ka-n-bu	痛い所 i-ta-i to-ko-ro	かゆい所 ka-yu-i to-ko-ro	腫れている所 ha-re-te-i-ru to-ko-ro

 疾病或病症的名稱

氣喘	高血壓	低血壓	心臟病
ぜんそく ze-n-so-ku	高血圧 koo-ke-tsu-a-tsu	低血圧 tee-ke-tsu-a-tsu	心臓病 shi-n-zoo-byoo

肝臟病	腎臟病	結石	風濕
肝臓病 ka-n-zoo-byoo	腎臓病 ji-n-zoo-byoo	結石 kes-se-ki	リウマチ ri-u-ma-chi

痛風	偏頭痛	異位性皮膚炎	自體免疫性疾病
痛風 tsuu-fuu	偏頭痛 he-n-zu-tsuu	アトピー a-to-pii	自己免疫疾患 ji-ko-me-n-e-ki-shik-ka-n

醫生說食物中毒。

食中毒だそうです。
sho-ku-chuu-do-ku da soo de-su.

果然。

やっぱり。
yap-pa-ri.

吃太多	吃壞肚子	喝壞肚子	消化不良	胃炎	感冒
食べすぎ	食あたり	水あたり	消化不良	胃炎	風邪
ta-be-su-gi	sho-ku-a-ta-ri	mi-zu-a-ta-ri	shoo-ka-fu-ryoo	i-e-n	ka-ze

流行感冒	肺炎	盲腸	病毒感染	細菌感染
インフルエンザ	肺炎	盲腸	ウイルス感染	細菌感染
i-n-fu-ru-e-n-za	ha-i-e-n	moo-choo	u-i-ru-su-ka-n-se-n	sa-i-ki-n-ka-n-se-n

麻疹	德國麻疹	水痘	帶狀皰疹	沒事
はしか	ふうしん	水ぼうそう	帯状疱疹	大丈夫
ha-shi-ka	fuu-shi-n	mi-zu-boo-soo	ta-i-joo-hoo-shi-n	da-i-joo-bu

儘量不要吃冷的東西。

冷たいものは避けてください。
tsu-me-ta-i-mo-no wa sa-ke-te ku-da-sa-i.

有點困難耶。

なかなか難しいですね。
na-ka-na-ka mu-zu-ka-shii de-su-ne.

吃辣的東西	疲勞	睡眠不足	喝酒
辛いもの	疲労	睡眠不足	飲酒
ka-ra-i-mo-no	hi-roo	su-i-mi-n-bu-so-ku	i-n-shu

吃甜的東西	吃油膩的東西	吃生的東西	抽菸
甘いもの	脂っこいもの	生もの	タバコ
a-ma-i-mo-no	a-bu-rak-ko-i-mo-no	na-ma-mo-no	ta-ba-ko

圓形的藥是止痛藥。

丸い薬は痛み止めです。
ma-ru-i ku-su-ri wa i-ta-mi-do-me de-su.

好的，我記住了。

はい、覚えておきます。
ha-i, o-bo-e-te o-ki-ma-su.

藥的種類

膠囊的
カプセルの
ka-pu-se-ru no

抗生素
抗生物質
koo-see-bus-shi-tu

退燒藥
解熱剤
ge-ne-tsu-za-i

錠劑的
錠剤の
joo-za-i no

止瀉藥
下痢止め
ge-ri-do-me

止癢藥
かゆみ止め
ka-yu-mi-do-me

白色的
白い
shi-ro-i

安眠藥
睡眠薬
su-i-mi-n-ya-ku

類固醇
ステロイド
su-te-ro-i-do

❀ 軟膏：塗り薬

液體的
液体の
e-ki-ta-i no

中藥
漢方薬
ka-n-poo-ya-ku

感冒藥
風邪薬
ka-ze-gu-su-ri

❀ 糖漿：シロップ

顆粒的
粉の
ko-na no

止咳藥
咳止め
se-ki-do-me

抗過敏藥
抗ヒスタミン剤
koo-hi-su-ta-mi-n-za-i

藍色的
青い
_{あお}
a-o-i

腸胃藥
胃腸藥
_{い ちょう やく}
i-choo-ya-ku

眼藥水
目薬
_{め ぐすり}
me-gu-su-ri

紅色的
赤い
_{あか}
a-ka-i

止打噴嚏（藥）
くしゃみ止め
_と
ku-sha-mi to-me

栓劑
座薬
_{ざ やく}
za-ya-ku

🍀 藥膏貼布：シップ

橘黃色的
オレンジの
o-re-n-ji no

維他命劑
ビタミン剤
_{ざい}
bi-ta-mi-n-za-i

一天三次，飯後服用。
1日3回、食後に飲みます。
_{いち にち さん かい} _{しょく ご} _の
i-chi ni-chi sa-n ka-i, sho-ku-go ni no-mi-ma-su.

好的，我會照指示服用。
はい、その通り飲みます。
_{とお} _の
ha-i, so-no too-ri no-mi-ma-su.

次數

一次
1回
_{いっ かい}
ik-ka-i

兩次
2回
_{に かい}
ni-ka-i

三次
3回
_{さん かい}
sa-n-ka-i

四次
4回
_{よん かい}
yo-n-ka-i

時間

飯前
食前
_{しょく ぜん}
sho-ku-ze-n

兩頓飯中間
食間
_{しょっ かん}
shok-ka-n

飯後
食後
_{しょく ご}
sho-ku-go

每四個小時
4時間おき
_{よ じ かん}
yo-ji-ka-n o-ki

一句萬能話

1 從什麼時候開始痛？

いつから痛いんですか？

i-tsu-ka-ra i-ta-i n-de-su-ka?

2 今天早上有大號嗎？

今朝はお通じがありましたか？

ke-sa wa o-tsuu-ji ga a-ri-ma-shi-ta-ka?

3 睡眠充足嗎？

睡眠は十分に取っていますか？

su-i-mi-n wa juu-bu-n ni tot-te-i-ma-su-ka?

4 過去一週內到過哪裡？

過去一週間以内にどこへ行きましたか？

ka-ko is-shuu-ka-n i-na-i ni do-ko e i-ki-ma-shi-ta-ka?

5 這個藥在很痛的時後才吃。

これは痛みがひどいときにだけ飲んでください。

ko-re wa i-ta-mi ga hi-do-i to-ki ni da-ke no-n-de-ku-da-sa-i.

6 不需要擔心。

心配するほどのことではありません。

shi-n-pa-i-su-ru ho-do no ko-to de-wa a-ri-ma-se-n.

7 大概是因為旅途勞累引起的吧！

たぶん、旅の疲れからきたものでしょう！

ta-bu-n, ta-bi no tsu-ka-re ka-ra ki-ta-mo-no de-shoo!

8 要不要診斷書？

診断書は要りますか？

shi-n-da-n-sho wa i-ri-ma-su-ka?

發生問題意外

發生什麼事嗎？

何かあったんですか？

na-ni ka at-ta-n-de-su-ka?

我遇到扒手。

スリに遭いました。
su-ri ni a-i-ma-shi-ta.

盜竊	搶奪	強盜	詐騙	車禍	變態騷擾
盜難	ひったくり	強盜	詐欺	事故	痴漢
too-na-n	hit-ta-ku-ri	goo-too	sa-gi	ji-ko	chi-ka-n

錢包被偷了。

財布を盗られました。
sa-i-fu o to-ra-re-ma-shi-ta.

把數位相機弄丟了。

デジカメを失くしました。
de-ji-ka-me o na-ku-shi-ma-shi-ta.

包包	行李	袋子	信用卡
かばん	荷物	袋	クレジットカード
ka-ba-n	ni-mo-tsu	fu-ku-ro	ku-re-jit-to-kaa-do

錢	護照	機票	電腦
お金	パスポート	航空券	コンピューター
o-ka-ne	pa-su-poo-to	koo-kuu-ke-n	ko-n-pyuu-taa

寶石	項鍊	戒指	鑰匙
宝石	ネックレス	指輪	かぎ
hoo-se-ki	nek-ku-re-su	yu-bi-wa	ka-gi

在哪裡弄丟？

どこで失くしたんですか？
do-ko de na-ku-shi-ta n-de-su-ka?

我想應該在大廳弄丟。

ロビーで失くしたと思います。
ro-bii de na-ku-shi-ta to o-mo-i-ma-su.

捷運車廂裡	公車上	車站剪票口	夜市
MRTの中	**バスの中**	**改札口**	**夜市**
e-mu-aa-ru-tii no na-ka	ba-su no na-ka	ka-i-sa-tsu-gu-chi	yo-i-chi

路上	百貨公司	洗手間	飯店
道	**デパート**	**トイレ**	**ホテル**
mi-chi	de-paa-to	to-i-re	ho-te-ru

在哪裡被偷？

どこで盗られたんですか？
do-ko de to-ra-re-ta-n-de-su-ka?

我想應該在車站被偷。

駅で盗られたと思います。
e-ki de to-ra-re-ta to o-mo-i-ma-su.

劇場	市場	免稅店
劇場	**市場**	**デューティーフリー**
ge-ki-joo	i-chi-ba	duu-tii-fu-rii

購物中心	餐廳。
ショッピングモール	**レストラン**
shop-pi-n-gu-moo-ru	re-su-to-ra-n.

在剛才去的博物館，弄丟了。

さっき行った博物館で失くしました。
sak-ki it-ta ha-ku-bu-tsu-ka-n de na-ku-shi-ma-shi-ta.

我被那個人施暴。
あの人に乱暴されました。
a-no hi-to ni ra-n-boo sa-re-ma-shi-ta.

我被店員騙了。
店の人に騙されました。
mi-se no hi-to ni da-ma-sa-re-ma-shi-ta.

認識的人
知り合い
shi-ri-a-i

陌生人
知らない人
shi-ra-na-i hi-to

導遊
ガイド
ga-i-do

計程車的司機
タクシーの運転手
ta-ku-shii no u-n-te-n-shu

路人
通行人
tsuu-koo-ni-n

店長
店長
te-n-choo

在哪裡車禍？
どこで事故に遭ったんですか？
do-ko de ji-ko ni at-ta n-de-su-ka?

在十字路口。
交差点でです。
koo-sa-te-n de de-su.

那裡
あそこ
a-so-ko

巷子
路地
ro-ji

街角
曲がり角
ma-ga-ri-ka-do

飯店的前面
ホテルの前
ho-te-ru no ma-e

停車場
駐車場
chuu-sha-joo

隧道裡
トンネル内
to-n-ne-ru-na-i

斑馬線
横断歩道
oo-da-n-ho-doo

回飯店的途中路上
ホテルに帰る途中の道
ho-te-ru ni ka-e-ru to-chuu no mi-chi

怎麼了？

どうしたんですか？
doo-shi-ta n-de-su-ka?

我搭乘的計程車發生事故。

乗っていたタクシーが事故を起こしました。
not-te-i-ta ta-ku-shii ga ji-ko o o-ko-shi-ma-shi-ta.

觀光巴士
観光バス
ka-n-koo-ba-su

飯店的接送轎車
ホテルの送迎車
ho-te-ru no soo-gee-sha

列車
列車
res-sha

船
船
fu-ne

什麼事故？

どんな事故ですか？
to-n-na ji-ko de-su-ka?

被機車撞到。

バイクにぶつけられました。
ba-i-ku ni bu-tsu-ke-ra-re-ma-shi-ta.

車子
自動車
ji-doo-sha

巴士
バス
ba-su

貨車
トラック
to-rak-ku

腳踏車
自転車
ji-te-n-sha

有遵守速度限制。
制限速度は守っていました。
see-ge-n-so-ku-do wa ma-mot-te i-ma-shi-ta.

不是我的過失。
私の過失ではありません。
wa-ta-shi no ka-shi-tsu de-wa-a-ri-ma-se-n.

對方突然變換車道。
相手が急に車道を変えたんです。
a-i-te ga kyuu-ni sha-doo o ka-e-ta n-de-su.

對方突然剎車。
相手が急にブレーキをかけたんです。
a-i-te ga kyuu-ni bu-ree-ki o ka-ke-ta n-de-su.

有哪裡受傷嗎？

どこかケガをしましたか？
do-ko-ka ke-ga o shi-ma-shi-ta-ka?

沒有，我沒事。

いいえ、大丈夫です。
iie, da-i-joo-bu de-su.

沒有特別受傷。

大したケガはないです。
ta-i-shi-ta ke-ga wa na-i de-su.

腰部撞傷。

腰を打ちました。
ko-shi o u-chi-ma-shi-ta.

🌸 受傷的身體部位，請參照P99的圖。

切傷	骨折	扭傷	夾傷
切り	骨折し	ねんざし	挟み
ki-ri	kos-se-tsu shi	ne-n-za shi	ha-sa-mi

要不要叫警察來？

警察を呼びますか？
kee-sa-tsu o yo-bi-ma-su-ka?

麻煩儘快。

ええ、至急お願いします。
ee, shi-kyuu o-ne-ga-i-shi-ma-su.

救護車	工作人員	櫃台人員
救急車	スタッフ	フロントの人
kyuu-kyuu-sha	su-taf-fu	fu-ro-n-to no hi-to

車站人員	負責人	會講日語的人
駅員	責任者	日本語ができる人
e-ki-i-n	se-ki-ni-n-sha	ni-ho-n-go ga de-ki-ru hi-to

有什麼我可以幫忙的嗎？

何かお手伝いできることはありますか？
na-ni ka o-te-tsu-da-i de-ki-ru ko-to wa a-ri-ma-su-ka?

去派出所吧！
交番へ行きましょう。
koo-ba-n e i-ki-ma-shoo.

馬上去。
ええ、すぐ行きましょう。
ee, su-gu i-ki-ma-shoo.

交流協會
交流協会
koo-ryuu-kyoo-ka-i

目前台日之間沒有正式邦交，因此沒有大使館。所以由交流協會來代辦大使館進行之業務。若日本人遺失護照等發生狀況時，可在此機關申請有關手續。
台北事務所：台北市慶城街28號通泰商業大樓　02-2713-8000
高雄事務所：高雄市苓雅區和平一路87號9F、10F　07-771-4008

移民署
移民局
i-mi-n-kyo-ku

醫院
病院
byoo-i-n

銀行
銀行
gi-n-koo

失物招領處
忘れ物センター
wa-su-re-mo-no se-n-taa

服務中心
サービスセンター
saa-bi-su-se-n-taa

如果有什麼問題請跟我連絡。
もし何かあれば、私に連絡してください。
mo-shi na-ni-ka-a-re-ba, wa-ta-shi ni re-n-ra-ku-shi-te ku-da-sa-i.

我會盡力協助你的。
できる限りお手伝いします。
de-ki-ru ka-gi-ri o-te-tsu-da-i shi-ma-su.

有什麼結果對方會儘快回覆的。
何か進展があればすぐに連絡が来ると思います。
na-ni-ka shi-n-te-n ga a-re-ba su-gu ni re-n-ra-ku ga ku-ru to o-mo-i-ma-su.

在旅行中發生這種事，真是遺憾。
旅行中にこのようなことになって、とても残念です。
ryo-koo-chuu ni ko-no-yoo-na ko-to ni nat-te, to-te-mo za-n-ne-n de-su.

雖然是很短的時間，但是希望這次的旅行對佐藤來說是很棒的回憶。
短い間でしたが、
今回の旅行が佐藤さんにとって、いい思い出になれば幸いです。
mi-ji-ka-i a-i-da de-shi-ta ga,
ko-n-ka-i no ryo-koo ga sa-to-sa-n ni tot-te, ii o-mo-i-de ni na-re-ba sa-i-wa-i de-su.

一句萬能話

1 不要忘記隨身攜帶的東西。
忘(わす)れ物(もの)のないように。
wa-su-re-mo-no no na-i yoo-ni.

2 這附近治安不佳。
この辺(へん)は治安(ちあん)が悪(わる)いです。
ko-no-he-n wa chi-a-n ga wa-ru-i de-su.

110番

3 雖然台灣治安不錯，但是深夜最好還是不要一個人行動。
台湾(たいわん)の治安(ちあん)はいいですが
深夜(しんや)の一人(ひとり)での移動(いどう)は控(ひか)えた方(ほう)がいいですよ。
ta-i-wa-n no chi-a-n wa ii de-su-ga,
shi-n-ya no hi-to-ri de-no i-doo wa hi-ka-e-ta hoo ga ii de-su.

4 小心扒手。
スリに気(き)を付(つ)けてください。
su-ri ni ki-o-tsu-ke-te ku-da-sa-i.

5 冷靜一下。
落(お)ち着(つ)いてください。
o-chi-tsu-i-te ku-da-sa-i.

6 不用擔心。
心配(しんぱい)しないでください。
shi-n-pa-i shi-na-i-de ku-da-sa-i.

7 提起精神來。
元気(げんき)出(だ)してください。
ge-n-ki da-shi-te ku-da-sa-i.

8 請不要沮喪。
落(お)ち込(こ)まないでください。
o-chi-ko-ma-na-i-de ku-da-sa-i.

個人資料

你多大？	我72歲。
おいくつですか？	７２才です。 なな じゅうに さい
o-i-ku-tsu de-su-ka?	na-na-juu-ni sa-i de-su.

✿21歳 に じゅういっ さい ２１才 ni-juu-is sa-i	22歳 に じゅうに さい ２２才 ni-juu-ni sa-i	23歳 に じゅうさん さい ２３才 ni-juu-sa-n sa-i	34歳 さん じゅうよん さい ３４才 sa-n-juu-yo-n sa-i	35歳 さん じゅうご さい ３５才 sa-n-juu-go sa-i
36歳 さん じゅうろく さい ３６才 sa-n-juu-ro-ku sa-i	37歳 さん じゅうなな さい ３７才 sa-n-juu-na-na-sa-i	✿48歳 よん じゅうはっ さい ４８才 yo-n-juu-has sa-i	49歳 よん じゅうはっ さい ４９才 yo-n-juu-kyuu sa-i	✿50歳 ご じゅっ さい ５０才 go-jus sa-i

✿20歳 は たち ２０才 ha-ta-chi	✿60歳 かん れき ろく じゅっ さい 還暦（６０才） ka-n-re-ki (ro-ku-jus sa-i)

✿如果個位數為0，1，8時，其發音就產生促音現象。比如說，31歲的發音不是「さんじゅういちさい」，而是「さんじゅういっさい」；40歲的發音不是「よんじゅうさい」，而是「よんじゅっさい」等。20歲和60歲亦可說「にじゅっさい」、「ろくじゅっさい」。

三十多一點點	從三十歲到三十九歲之間．從四十歲到四十九歲之間…
さん じゅう ３０ちょっと	さん じゅう だい　よん じゅう だい ３０代・４０代・・・
sa-n-juu chot-to	sa-n-juu da-i・yo-n-juu da-i…

永遠的十八歲	四十歲左右	✿「アラフォー」是aroud
えい えん　じゅう はっ さい 永遠の１８才	アラフォー	fourty（アラウンド フォーティー）之略稱，是最近滿流
e-e-e-n no juu-has sa-i	a-ra-foo	行的一句話哦。

你是做什麼的？
お仕事は何ですか？
o-shi-go-to wa na-n de-su-ka?

我是上班族。
会社員です。
ka-i-sha-i-n de-su.

學生 学生 ga-ku-see	家庭主婦 主婦 shu-fu	老師 教師 kyoo-shi
公務員 公務員 koo-mu-i-n	醫生 医者 i-sha	律師 弁護士 be-n-go-shi
工程師 エンジニア e-n-ji-ni-a	美容師 美容師 bi-yoo-shi	服務生(男) ウェイター we-i-taa
服務生(女) ウェイトレス we-i-to-re-su	導遊/領隊 ガイド ga-i-do	司機 運転手 u-n-te-n-shu
販賣員 販売員 ha-n-ba-i-i-n	廚師 調理師 choo-ri-shi	設計師 デザイナー de-za-i-naa

您是社長嗎？

社長さんですか？
sha-choo-sa-n de-su-ka?

是的，我是經營咖啡廳的。

ええ、カフェを経営しています。
ee, ka-fe o kee-ee shi-te-i-ma-su.

🌸 如果你是老闆的話，就可以用此句。

公司
会社
ka-i-sha

餐廳
レストラン
re-su-to-ra-n

旅行社
旅行社
ryo-koo-sha

補習班
塾
ju-ku

酒吧
バー
baa

您是從事哪方面的工作？

何関係のお仕事ですか？
na-ni-ka-n-kei no o-shi-go-to de-su-ka?

我從事餐飲方面的工作。

飲食関連の仕事をしています。
i-n-sho-ku ka-n-re-n no shi-go-to o shi-te-i-ma-su.

農業
農業
noo-gyoo

漁業
漁業
gyo-gyoo

食品
食品
sho-ku-hi-n

金融
金融
ki-n-yuu

教育
教育
kyoo-i-ku

廣告
広告
koo-ko-ku

建築
建設
ke-n-se-tsu

媒體
マスコミ
ma-su-ko-mi

運輸
流通
ryuu-tsuu

出版
出版
shup-pa-n

服飾
アパレル
a-pa-re-ru

貿易
貿易
boo-e-ki

電腦
コンピューター
ko-n-pyuu-taa

你有情人嗎？

恋人はいますか？
ko-i-bi-to wa i-ma-su-ka?

有。／沒有。

はい、います。／ いいえ、いません。
ha-i, i-ma-su. / ii-e, i-ma-se-n.

有，我有好幾個情人。

はい、たくさんいます。
hai, ta-ku-sa-n i-ma-su.

秘密。

秘密です。
hi-mi-tsu de-su.

你的月薪有多少？

月給はいくらですか？
gek-kyuu wa i-ku-ra de-su-ka?

日幣三十萬。

日本円で３０万です。
ni-ho-n-e-n de sa-n-juu ma-n de-su.

你的房租多少？

家賃はいくらですか？
ya-chi-n wa i-ku-ra de-su-ka?

一個月八萬日幣。

１ヶ月８万円です。
ik-ka-ge-tsu ha-chi-ma-n e-n de-su.

時薪多少？

時給はいくらですか？
ji-kyuu wa i-ku-ra de-su-ka?

一小時800日幣。

１時間８００円です。
i-chi-ji-kan hap-pya-ku e-n de-su.

學費多少？

学費はいくらですか。
ga-ku-hi wa i-ku-ra de-su-ka?

半年50萬左右。

半年で５０万ぐらいです。
ha-n-to-shi de go-juu ma-n gu-ra-i de-su.

你有結婚嗎？

結婚していますか？
kek-ko-n shi-te-i-ma-su-ka?

有，我已經結婚。

はい、しています。
ha-i, shi-te-i-ma-su.

沒有，我還沒結婚。／我是單身。

いいえ、まだです。／ 独身です。
ii-e, ma-da de-su. / do-ku-shi-n de-su.

沒有，我對結婚沒有興趣。

いいえ、結婚に興味がありません。
ii-e, kek-ko-n ni kyoo-mi ga a-ri-ma-se-n.

你有小孩嗎？

子供はいますか？
ko-do-mo wa i-ma-su-ka?

有。

はい、います。
ha-i, i-ma-su.

我沒有小孩。

いいえ、いません。
ii-e, i-ma-se-n.

有，我有一個小孩。

はい、1人います。
ha-i, hi-to-ri i-ma-su.

兩個人

2人
fu-ta-ri

三個人

3人
sa-n-ni-n

兩個男孩

男の子が2人
o-to-ko-no-ko ga fu-ta-ri

一個男孩一個女孩

男の子と女の子が1人ずつ
o-to-ko-no-ko to o-n-na-no-ko ga hi-to-ri zu-tsu

兩個男孩和一個女孩

男の子2人と女の子1人
o-to-ko-no-ko fu-ta-ri to o-n-na-no-ko hi-to-ri

興趣

你的興趣是什麼？

趣味は何ですか？
shu-mi wa na-n de-su-ka?

我的興趣是看書。

私の趣味は読書です。
wa-ta-shi no shu-mi wa do-ku-sho de-su.

兜風	觀賞電影	高爾夫球	運動
ドライブ	映画鑑賞	ゴルフ	スポーツ
do-ra-i-bu	e-i-ga ka-n-shoo	go-ru-fu	su-poo-tsu

網球	看運動比賽	買東西	做菜
テニス	スポーツ観戦	ショッピング	料理
te-ni-su	su-poo-tsu ka-n se-n	shop-pi-n-gu	ryoo-ri

吃東西	睡覺	去各種咖啡廳	旅行
食べること	寝ること	カフェ巡り	旅行
ta-be-ru ko-to	ne-ru ko-to	ka-fe me-gu-ri	ryo-koo

玩電動	釣魚	戶外活動	去KTV唱歌
ゲーム	釣り	野外活動	カラオケ
gee-mu	tsu-ri	ya-ga-i ka-tsu-doo	ka-ra-o-ke

你念的是什麼？
何を勉強しているんですか？
<ruby>何<rt>なに</rt></ruby>を<ruby>勉強<rt>べん きょう</rt></ruby>しているんですか？
na-ni wa be-n-kyoo-shi-te-i-ru n-de-su-ka?

我在學校念文學。
学校で文学を勉強しています。
<ruby>学校<rt>がっ こう</rt></ruby>で<ruby>文学<rt>ぶん がく</rt></ruby>を<ruby>勉強<rt>べん きょう</rt></ruby>しています。
gak-koo de bu-n-ga-ku o be-n-kyoo shi-te-i-ma-su.

日文	中文	英文	法文
<ruby>日本語<rt>に ほん ご</rt></ruby>	<ruby>中国語<rt>ちゅう ごく ご</rt></ruby>	<ruby>英語<rt>えい ご</rt></ruby>	フランス<ruby>語<rt>ご</rt></ruby>
ni-ho-n-go	chuu-go-ku-go	ee-go	fu-ra-n-su-go

西班牙	語言學	工學
スペイン<ruby>語<rt>ご</rt></ruby>	<ruby>語学<rt>ご がく</rt></ruby>	<ruby>工学<rt>こう がく</rt></ruby>
su-pe-i-n-go	go-ga-ku	koo-ga-ku

醫學	教育	經濟	經營
<ruby>医学<rt>い がく</rt></ruby>	<ruby>教育学<rt>きょう いく がく</rt></ruby>	<ruby>経済<rt>けい ざい</rt></ruby>	<ruby>経営<rt>けい えい</rt></ruby>
i-ga-ku	kyoo-i-ku-ga-ku	kee-za-i	kee-ee

法律	建築	烹調
<ruby>法律<rt>ほう りつ</rt></ruby>	<ruby>建築<rt>けん ちく</rt></ruby>	<ruby>料理<rt>りょう り</rt></ruby>
hoo-ri-tsu	ke-n-chi-ku	ryoo-ri

設計	護理	美容
デザイン	<ruby>看護<rt>かん ご</rt></ruby>	<ruby>美容<rt>び よう</rt></ruby>
de-za-i-n	ka-n-go	bi-yoo

電腦	音樂	舞蹈
コンピューター	<ruby>音楽<rt>おん がく</rt></ruby>	ダンス
ko-n-pyuu-taa	o-n-ga-ku	da-n-su

家人 / 朋友

你們家有幾個人？

何人家族ですか？
なん にん か ぞく
na-n-ni-n ka-zo-ku de-su-ka?

我家有六個人。

6人家族です。
ろく にん か ぞく
ro-ku ni-n ka-zo-ku de-su.

外公/祖父	我的祖父		外婆/祖母	我的祖母
おじいさん	祖父 そ ふ		おばあさん	祖母 そ ぼ
o-jii-sa-n	so-fu		o-baa-sa-n	so-bo

爸爸	我的爸爸		媽媽	我的媽媽
お父さん とう	父 ちち		お母さん かあ	母 はは
o-too-sa-n	chi-chi		o-kaa-sa-n	ha-ha

您的先生	夫		您的夫人	妻
ご主人 しゅ じん	夫 おっと		奥さん おく	妻 つま
go-shu-ji-n	ot-to		o-ku-sa-n	tsu-ma

令郎	兒子	您的小孩	令媛	女兒
息子さん むす こ	息子 むす こ	お子さん こ	娘さん むすめ	娘 むすめ
mu-su-ko-sa-n	mu-su-ko	o-ko-sa-n	mu-su-me-sa-n	mu-su-me

你有兄弟姊妹嗎？

兄弟（きょうだい）はいますか？
kyoo-da-i wa i-ma-su-ka?

我有弟弟和妹妹。

弟（おとうと）と妹（いもうと）がいます。
o-too-to to i-moo-to ga i-ma-su.

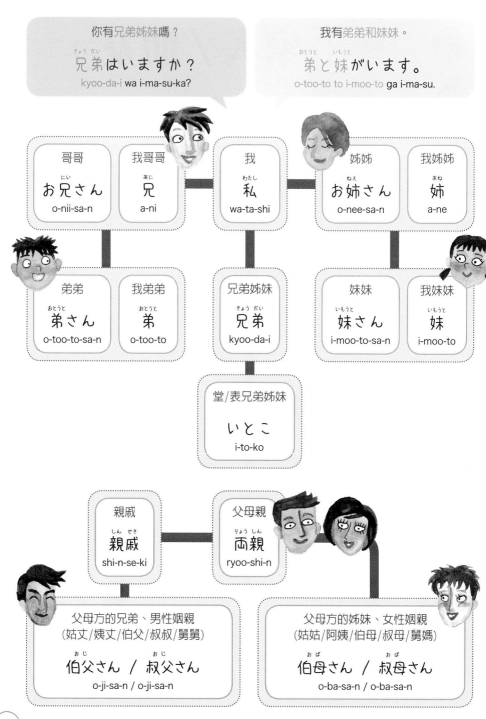

哥哥
お兄（にい）さん
o-nii-sa-n

我哥哥
兄（あに）
a-ni

我
私（わたし）
wa-ta-shi

姉姉
お姉（ねえ）さん
o-nee-sa-n

我姉姉
姉（あね）
a-ne

弟弟
弟（おとうと）さん
o-too-to-sa-n

我弟弟
弟（おとうと）
o-too-to

兄弟姊妹
兄弟（きょうだい）
kyoo-da-i

妹妹
妹（いもうと）さん
i-moo-to-sa-n

我妹妹
妹（いもうと）
i-moo-to

堂/表兄弟姊妹
いとこ
i-to-ko

親戚
親戚（しんせき）
shi-n-se-ki

父母親
両親（りょうしん）
ryoo-shi-n

父母方的兄弟、男性姻親
（姑丈/姨丈/伯父/叔叔/舅舅）
伯父（おじ）さん / 叔父（おじ）さん
o-ji-sa-n / o-ji-sa-n

父母方的姊妹、女性姻親
（姑姑/阿姨/伯母/叔母/舅媽）
伯母（おば）さん / 叔母（おば）さん
o-ba-sa-n / o-ba-sa-n

你的情人是什麼樣的人？

恋人はどんな人ですか？
ko-i-bi-to wa do-n-na hi-to de-su-ka?

他是很體貼的人。

やさしい人です。
ya-sa-shii hi-to de-su.

朋友			
友達			
to-mo-da-chi			

好朋友
親友
shi-n-yuu

未婚夫 / 未婚妻
フィアンセ
fi-a-n-se

同事
同僚
doo-ryoo

同學
同級生
doo-kyuu-see

學長 / 學姊 / 前輩
先輩
se-n-pa-i

學弟 / 學妹 / 後輩
後輩
koo-ha-i

開朗的	陰沉的	認真的	不認真的
明るい	暗い	真面目な	不真面目な
a-ka-ru-i	ku-ra-i	ma-ji-me-na	fu-ma-ji-me-na
有品味的	下流的	有耐心的	沒有耐心的
上品な	下品な	気が長い	短気な
joo-hi-n-na	ge-hi-n-na	ki ga na-ga-i	ta-n-ki-na
大方的	小氣的	溫和的	冷淡的
気前がいい	けちな	温和な	冷たい
ki-ma-e ga ii	ke-chi-na	o-n-wa-na	tsu-me-ta-i
好笑的	嚴格的	活潑的	內向的
おもしろい	厳しい	活発な	内気な
o-mo-shi-ro-i	ki-bi-shii	kap-pa-tsu-na	u-chi-ki-na
安靜的	奇怪的	漂亮的	優柔寡斷的
静かな	変な	きれいな	優柔不断な
shi-zu-ka-na	he-n-na	ki-ree-na	yuu-juu-fu-dan na
直爽的		急性子的	頭腦很好的
率直な		せっかちな	頭がいい
soc-cho-ku-na		sek-ka-chi-na	a-ta-ma ga ii
任性的		好帥的	固執的
わがままな		かっこいい	頑固な
wa-ga-ma-ma-na		kak-ko-ii	ga-n-ko-na

你是什麼星座的？

星座は何ですか？
see-za wa na-n de-su-ka?

是巨蟹座。

蟹座です。
ka-ni-za de-su.

牡羊座	金牛座	雙子座
牡羊座	牡牛座	双子座
o-hi-tsu-ji-za	o-u-shi za	fu-ta-go za

巨蟹座	獅子座	處女座
蟹座	獅子座	乙女座
ka-ni-za	shi-shi za	o-to-me za

天秤座	天蠍座	射手座
天秤座	蠍座	射手座
te-n-bi-n za	sa-so-ri za	i-te za

摩羯座	水瓶座	雙魚座
山羊座	水瓶座	魚座
ya-gi za	mi-zu-ga-me za	u-o za

巨蟹座和摩羯座相配。

蟹座と山羊座は相性が良いです。
ka-ni za to ya-gi za wa a-i-shoo ga ii de-su.

金牛座和獅子座不相配。

牡牛座と獅子座は相性が悪いです。
o-u-shi za to shi-shi za wa a-i-shoo ga wa-ru-i de-su.

你是什麼血型的？

何型ですか？
na-ni ga-ta de-su-ka?

是B型。

Ｂ型です。
bii ga-ta de-su.

A型的人是認真向上的人。

Ａ型の人は真面目です。
ee-ga-ta no hi-to wa ma-ji-me de-su.

做事有條有理的	有點神經質
几帳面	神経質
ki-choo-me-n	shi-n-kee-shi-tsu

B型的人是蠻幽默的人。

Ｂ型の人はユニークです。
bii-ga-ta no hi-to wa yu-nii-ku de-su.

有藝術性的	依自己步調行事的
芸術的	マイペース
gee-ju-tsu-te-ki	ma-i-pee-su

O型的人是很會社交的人。

Ｏ型の人は社交的です。
oo-ga-ta no hi-to wa sha-koo-te-ki de-su.

表裏一致的	有點粗率的
裏表がない	大雑把
u-ra-o-mo-te ga na-i	oo-zap-pa

AB型的人是很酷的人。

ＡＢ型の人はクールな人です。
ee-bii-ga-ta no hi-to wa kuu-ru-na hi-to de-su.

思維合理的人
合理的な人
goo-ri-te-ki-na hi-to

雙重性格的人
二面性のある人
ni-me-n-see no a-ru-hi-to

數字

電話號碼是幾號？

でん わ ばん ごう なん ばん
電話番号は何番ですか？
de-n-wa-ba-n-goo wa na-n-ba-n de-su-ka?

No.?

是0986-102-369。

ゼロ きゅう はち ろく の いち ゼロ に の さん ろく きゅう
0986-102-369です。
ze-ro kyuu ha-chi ro-ku no i-chi ze-ro ni no sa-n ro-ku kyuu de-su.

0	1
ゼロ / れい	いち
ze-ro / ree	i-chi

2	3
に	さん
ni	sa-n

4	5	6	7	8	9	10
よん	ご	ろく	なな	はち	きゅう	じゅう
yo-n	go	ro-ku	na-na	ha-chi	kyuu	juu

房間號碼是幾號？

へ や ばん ごう なん ばん
部屋番号は何番ですか？
he-ya-ba-n-goo wa na-n-ba-n de-su-ka?

是906號房。

きゅう まる ろく ごう しつ
906号室です。
kyuu ma-ru ro-ku goo-shi-tsu de-su.

❀日本人說房
間號碼時，若
有0的話，一
般會念まる。

100	200	300	400
ひゃく	にひゃく	さんびゃく	よんひゃく
hya-ku	ni-hya-ku	san-bya-ku	yo-n-hya-ku

500	600	700	800
ごひゃく	ろっぴゃく	ななひゃく	はっぴゃく
go-hya-ku	rop-pya-ku	na-na-hya-ku	hap-pya-ku

900 きゅうひゃく kyuu-hya-ku	1000 せん se-n	2000 にせん ni-se-n	3000 さんぜん sa-n-ze-n
4000 よんせん yo-n-se-n	5000 ごせん go-se-n	6000 ろくせん ro-ku-se-n	7000 ななせん na-na-se-n
8000 はっせん has-se-n	9000 きゅうせん kyuu-se-n	10000 いちまん i-chi-ma-n	20000 にまん ni-ma-n
30000 さんまん sa-n-ma-n	40000 よんまん yo-n-ma-n	50000 ごまん go-ma-n	60000 ろくまん ro-ku-ma-n
70000 ななまん na-na-ma-n	80000 はちまん ha-chi-ma-n	90000 きゅうまん kyuu-ma-n	十萬 じゅうまん juu-ma-n

百萬 ひゃくまん hya-ku-ma-n	千萬 せんまん se-n-ma-n	億 おく o-ku

69 ろくじゅうきゅう ro-ku-juu-kyuu	235 にひゃくさんじゅうご ni-hya-ku-sa-n-juu-go

3657

さんぜんろっぴゃくごじゅうなな

sa-n-ze-n-rop-pya-ku-go-juu-na-na

這個多少錢？

これはいくらですか？

ko-re wa i-ku-ra de-su-ka?

4萬塊。

よん まん えん
４万円です。

yo-n-ma-n-e-n de-su.

✿「4円」讀作
「よえん」。

307 VS 370

猜猜看 307 日文怎麼說。A さんびゃくなな
　　　　　　　　　　　　 B さんびゃくぜろなな

答案是Ⓐ。因為日文數字中間有個 0，通通都不要念出來。例如，將 506 唸成ごひゃくろく，將 2009 唸成にせんきゅう就可以。

那，猜一下 370 的日文怎麼說？A さんびゃくなな
　　　　　　　　　　　　　　　B さんびゃくななじゅう

答案是Ⓑ。日文沒有省略整數的 0 之習慣，比如說，日文的 560 不是ごひゃくろく，而是ごひゃくろくじゅう；2900 不是にせんきゅう，而是にせんきゅうひゃく。這一點跟中文不一樣，所以要唸數字時，稍微留意一下哦。

櫃檯服務請按2。

に ばん
フロントは２番にかけてください。

fu-ro-n-to wa ni-ba-n ni ka-ke-te ku-da-sa-i.

2號對吧？

に ばん
はい、２番ですね。

ha-i, ni-ba-n de-su-ne.

客房部	總機	客房服務	餐廳
きゃく しつ がかり **客室係**	**オペレーター**	**ルームサービス**	**レストラン**
kya-ku-shi-tsu-ga-ka-ri	o-pe-ree-taa	ruu-mu-saa-bi-su	re-su-to-ra-n

報警請打110。

警察は110番にかけてください。
ke-i-sa-tsu wa hya-ku-too ba-n ni ka-ke-te ku-da-sa-i

跟日本一樣。

日本と同じですね。
ni-ho-n to o-na-ji de-su-ne.

消防隊 / 救護車

消防署 / 救急車
shoo-boo-sho / kyu-kyu-sha

119

119
hya-ku-juu-kyuu

外國人在台諮詢服務網

外国人インフォメーションセンター
ga-i-ko-ku-ji-n i-n-fo-mee-sho-n-se-n-taa

0800-024-111

0800-024-111
ze-ro ha-chi ze-ro ze-ro
ze-ro ni yo-n i-chi i-chi i-chi

報時

時報
ji-hoo

117

117
i-chi-i-chi-na-na

氣象局

天気予報
te-n-ki-yo-hoo

166

166
i-chi-ro-ku-ro-ku

英文查號台

英語の番号案内
e-i-go no ba-n-goo-a-n-na-i

A, B, C, D

106

106
i-chi-ze-ro-ro-ku

國語查號台

中国語の番号案内
chuu-go-ku-go no ba-n-goo-a-n-na-i

104

104
i-chi-ze-ro-yo-n

你要幾個？

何個ほしいですか？
な　ん　こ
na-n-ko ho-shii de-su-ka?

我要三個。

3個ほしいです。
さ　ん　こ
sa-n-ko ho-shii de-su.

 數量詞，請見【附錄】。

幾本	一本
何冊 な　ん　さ　つ na-n sa-tsu	1冊 い　っ　さ　つ is sa-tsu

幾隻／幾條	兩隻／條
何本 な　ん　ぼ　ん na-n bo-n	2本 に　ほ　ん ni ho-n

幾張	三張
何枚 な　ん　ま　い na-n ma-i	3枚 さ　ん　ま　い sa-n ma-i

幾件（衣服）	四件
何着 な　ん　ちゃ　く na-n cha-ku	4着 よ　ん　ちゃ　く yo-n cha-ku

幾包	五包
何袋 な　ん　ぷ　く　ろ na-n pu-ku-ro	5袋 ご　ふ　く　ろ go fu-ku-ro

幾杯／幾碗	六碗
何杯 な　ん　ば　い na-n-ba-i	6杯 ろ　っ　ぱ　い rop-pa-i

你要多少？

どのくらいほしいですか？
do-no-ku-ra-i ho-shii de-su-ka?

我要五百公克。

500gほしいです。
ご　　ひゃ　く　グラム
go-hya-ku gu-ra-mu ho-shii de-su.

2公分	3公尺	5公克	6公斤	7毫升
にセンチ ni se-n-chi	さんメートル sa-n mee-to-ru	ごグラム go gu-ra-mu	ろっキロ rok ki-ro	ななミリリットル na-na mi-ri rit-to-ru

8公升	一把	兩把	大概這樣	大概那樣
はちリットル ha-chi rit-to-ru	ひと握り に　ぎ hi-to-ni-gi-ri	ふた握り に　ぎ fu-ta-ni-gi-ri	これぐらい ko-re-gu-ra-i	あれぐらい a-re-gu-ra-i

 1台斤＝600g
　　　　　ろ　っ　ぴゃ　く　グラム

總共有幾個人？

全部で何人いますか？
ze-n-bu de na-n-ni-n i-ma-su-ka?

有三個人。

3人います。
sa-n ni-n i-ma-su.

一個人 ひとり 1人 hi-to-ri	兩個人 ふたり 2人 fu-ta-ri	三個人 さんにん 3人 sa-n ni-n	四個人 よにん 4人 yo ni-n	五個人 ごにん 5人 go ni-n
六個人 ろくにん 6人 ro-ku ni-n	七個人 しち/なな にん 7人 shi-chi/na-na ni-n	八個人 はちにん 8人 ha-chi ni-n	九個人 きゅうにん 9人 kyuu ni-n	十個人 じゅうにん 10人 juu ni-n

你要住幾天？

何泊しますか？
na-n pa-ku shi-ma-su-ka?

我要住兩天。

2泊します。
ni ha-ku shi-ma-su.

住一天 いっぱく 1泊 ip pa-ku	住兩天 にはく 2泊 ni ha-ku	住三天 さんぱく 3泊 sa-n pa ku	住四天 よんぱく 4泊 yo-n pa-ku	住五天 ごはく 5泊 go ha-ku

兩天一夜 いっ ぱく ふつ か 1泊2日 ip pa-ku fu-tsu-ka	三天兩夜 に はく みっ か 2泊3日 ni ha-ku mik-ka	四天三夜 さん ぱく よっ か 3泊4日 san pa-ku yok-ka	五天四夜 よん ぱく いつ か 4泊5日 yo-n pa-ku i-tsu-ka

❀ 一坪＝1坪，一坪＝2畳，一坪＝3．3平米

時間

我們五點見面吧！

５時に会いましょう。
go ji ni a-i-ma-shoo.

好啊，五點喔。

はい、５時ですね。
ha-i, go-ji de-su-ne.

一點
いち じ
１時
i-chi ji

兩點二十五分
に じ にじゅう ご ふん
２時２５分
ni ji ni-juu-go fu-n

三點二十分
さん じ に じゅっ ぷん
３時２０分
sa-n ji ni-jup pu-n

四點半
よ じ はん
４時半
yo ji ha-n

上午十點
ご ぜん じゅう じ
午前１０時
go-ze-n juu ji

晚上十一點
ご ご じゅういち じ
午後１１時
go-go juu-i-chi ji

早上九點三十分
あさ く じ さんじゅっ ぷん
朝の９時３０分
a-sa no ku ji sa-n-jup pu-n

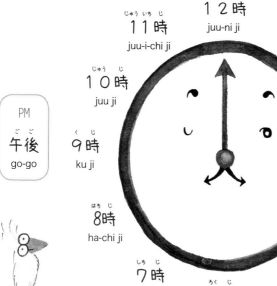

じゅう いち じ
１１時
juu-i-chi ji

じゅっ に じ
１２時
juu-ni ji

いち じ
１時
i-chi ji

じゅう じ
１０時
juu ji

に じ
２時
ni ji

PM
ご ご
午後
go-go

く じ
９時
ku ji

さん じ
３時
sa-n ji

AM
ご ぜん
午前
go-ze-n

はち じ
8時
ha-chi ji

よ じ
４時
yo ji

しち じ
7時
shi-chi ji

ろく じ
6時
ro-ku ji

ご じ
5時
go ji

明天幾點起床？

明日何時に起きますか？
あした なん じ お

a-shi-ta na-n ji ni o-ki-ma-su-ka?

八點起床。

8時に起きます。
はち じ お

ha-chi ji ni o-ki-ma-su.

五點四十分	六點五十分	七點整	八點左右
５時４０分 ご じ よんじゅっ ぷん go ji yo-n-jup pu-n	６時５０分 ろく じ ごじゅっ ぷん ro-ku ji go-jup pu-n	７時ちょうど しち じ shi-chi-ji choo-do	８時頃 はち じ ごろ ha-chi ji go-ro

中午十二點

お昼の１２時
ひる じゅうに じ

o-hi-ru no juu-ni ji

晚上九點十五分

夜の９時１５分
よる く じじゅう ご ふん

yo-ru no ku-ji juu-go fu-n

整點
ちょう ど
choo-do

５５分
ごじゅう ご ふん
go-juu-go fu-n

５分
ご ふん
go fu-n

５０分
ご じゅっ ぷん
go-jup pu-n

１０分
じゅっ ぷん
jup pu-n

４５分
よんじゅう ご ふん
yo-n-juu-go fu-n

１５分
じゅう ご ふん
juu-go fu-n

４０分
よん じゅっ ぷん
yo-n-jup pu-n

２０分
に じゅっ ぷん
ni-jup pu-n

３５分
さんじゅう ご ふん
sa-n-juu-go fu-n

２５分
にじゅう ご ふん
ni-juu-go fu-n

３０分／半
さん じゅっ ぷん はん
sa-n-jup pu-n / ha-n

年月日 / 星期

你要待到什麼時候？

いつまでご滞在ですか？
i-tsu ma-de go-ta-i-za-i de-su-ka?

我待到6月28號。

6 月 28 日 までです。
ro-ku ga-tsu ni-juu-ha-chi ni-chi ma-de de-su.

春	3月	4月	5月
春 ha-ru	さんがつ sa-n ga-tsu	しがつ shi ga-tsu	ごがつ go ga-tsu

夏	6月	7月	8月
夏 na-tsu	ろくがつ ro-ku ga-tsu	しちがつ shi-chi ga-tsu	はちがつ ha-chi ga-tsu

秋	9月	10月	11月
秋 a-ki	くがつ ku ga-tsu	じゅうがつ juu ga-tsu	じゅういちがつ juu-i-chi ga-tsu

冬	12月	1月	2月
冬 fu-yu	じゅうにがつ juu-ni ga-tsu	いちがつ i-chi ga-tsu	にがつ ni ga-tsu

幾月？

何月ですか？
na-n ga-tsu de-su-ka?

一月。

1 月です。
i-chi-ga-tsu de-su.

136

你生日是12號嗎？

お誕生日は１２日ですか？
o-ta-n-joo-bi wa juu-ni ni-chi de-su-ka?

不，是16日。

いいえ、１６日です。
ii-e, juu-ro-ku ni-chi de-su.

日子特殊的唸法

| 1日 ついたち tsu-i-ta-chi | 2日 ふつか fu-tsu-ka | 3日 みっか mik-ka | 4日 よっか yok-ka |

1日	2日	3日	4日
ついたち tsu-i-ta-chi	ふつか fu-tsu-ka	みっか mik-ka	よっか yok-ka
5日 いつか i-tsu-ka	6日 むいか mu-i-ka	7日 なのか na-no-ka	8日 ようか yoo-ka
9日 ここのか ko-ko-no-ka	10日 とおか too-ka	14日 じゅうよっか juu-yok-ka	19日 じゅうくにち juu-ku-ni-chi

20日 はつか ha-tsu-ka	24日 にじゅうよっか ni-juu-yok-ka	29日 にじゅうくにち ni-juu-ku-ni-chi

❀ 日文的日子之說法，除了上面所列舉的特殊唸法之外，一般的數字唸法後面加上「日」就可以。比如說，13日唸「じゅうさん にち」，31日唸「さんじゅういち にち」等。

幾號？

何日ですか？
na-n ni-chi de-su-ka?

三十號。

３０日です。
sa-n-juu ni-chi de-su.

137

星期一去吧！
月曜日に行きましょう。
ge-tsu-yoo-bi ni i-ki-ma-shoo.

星期一是休息日。
月曜日はお休みです。
ge-tsu-yoo-bi wa o-ya-su-mi de-su.

星期一	星期二	星期三
月曜日	火曜日	水曜日
ge-tsu-yoo-bi	ka-yoo-bi	su-i-yoo-bi

星期四	星期五	星期六	星期天
木曜日	金曜日	土曜日	日曜日
mo-ku-yoo-bi	ki-n-yoo-bi	do-yoo-bi	ni-chi-yoo-bi

星期幾？
何曜日ですか？
na-n yoo-bi de-su-ka?

星期五。
金曜日です。
ki-n-yoo-bi de-su.

每週日是休息日。
毎週日曜日はお休みです。
ma-i-shuu ni-chi-yoo-bi wa o-ya-su-mi de-su.

第一個星期一是休息日。
第1火曜日はお休みです。
da-i-i-chi ka-yoo-bi wa o-ya-su-mi de-su.

你是什麼時候來台灣的？
いつ台湾に来ましたか？
i-tsu ta-i-wa-n ni ki-ma-shi-ta-ka?

我是上禮拜四來的。
先週の木曜日に来ました。
se-n-shuu no mo-ku-yoo-bi ni ki-ma-shi-ta.

什麼時候？

いつですか？
i-tsu de-su-ka?

明年。

来年です。
ra-i-ne-n de-su.

早上	中午	晚上	清晨
朝	昼	夜	朝方
a-sa	hi-ru	yo-ru	a-sa-ga-ta

傍晚	深夜	上午	下午
夕方	真夜中	午前	午後
yuu-ga-ta	ma-yo-na-ka	go-ze-n	go-go

正中午	前天	昨天	今天
正午	おととい	昨日	今日
shoo-go	o-to-to-i	ki-noo	kyoo

明天	後天	上星期	這個星期
明日	あさって	先週	今週
a-shi-ta	a-sat-te	se-n-shuu	ko-n-shuu

下星期	上個月	這個月	下個月
来週	先月	今月	来月
ra-i-shuu	se-n-ge-tsu	ko-n-ge-tsu	ra-i-ge-tsu

去年	今年	明年
去年	今年	来年
kyo-ne-n	ko-to-shi	ra-i-ne-n

139

附錄

	日本地名	北海道地方 （ほっかいどうちほう）	北海道 （ほっかいどう）
東北地方 （とうほくちほう）	青森県 （あおもりけん）	岩手県 （いわてけん）	宮城県 （みやぎけん）
秋田県 （あきたけん）	山形県 （やまがたけん）	福島県 （ふくしまけん）	関東地方 （かんとうちほう）	茨城県 （いばらきけん）
栃木県 （とちぎけん）	群馬県 （ぐんまけん）	埼玉県 （さいたまけん）	千葉県 （ちばけん）	東京都 （とうきょうと）
神奈川県 （かながわけん）	中部地方 （ちゅうぶちほう）	新潟県 （にいがたけん）	富山県 （とやまけん）	石川県 （いしかわけん）
福井県 （ふくいけん）	山梨県 （やまなしけん）	長野県 （ながのけん）	岐阜県 （ぎふけん）	静岡県 （しずおかけん）
愛知県 （あいちけん）	近畿地方 （きんきちほう）	三重県 （みえけん）	滋賀県 （しがけん）	京都府 （きょうとふ）
大阪府 （おおさかふ）	兵庫県 （ひょうごけん）	奈良県 （ならけん）	和歌山県 （わかやまけん）	中国地方 （ちゅうごくちほう）
鳥取県 （とっとりけん）	島根県 （しまねけん）	岡山県 （おかやまけん）	広島県 （ひろしまけん）	山口県 （やまぐちけん）
四国地方 （しこくちほう）	徳島県 （とくしまけん）	香川県 （かがわけん）	愛媛県 （えひめけん）	高知県 （こうちけん）
九州地方 （きゅうしゅうちほう）	福岡県 （ふくおかけん）	佐賀県 （さがけん）	長崎県 （ながさきけん）	熊本県 （くまもとけん）
大分県 （おおいたけん）	宮崎県 （みやざきけん）	鹿児島県 （かごしまけん）	沖縄地方 （おきなわちほう）	沖縄県 （おきなわけん）

台灣地名	桃園 （とうえん）	苗栗 （びょうりつ）	彰化 （しょうか）	雲林 （うんりん）
	嘉義 （かぎ）	屏東 （へいとう）	澎湖 （ほうこ）	金門 （きんもん）	馬祖 （ばそ）

天數	⋯個星期	⋯個月	⋯個年
幾天	幾個星期	幾個月	幾年
なんにちかん 何日間	なんしゅうかん 何週間	なんげつ 何か月	なんねん 何年
いちにち 一日	いっしゅうかん 一週間	いっげつ 一か月	いちねん 一年
ふつかかん 二日間	にしゅうかん 二週間	にげつ 二か月	にねん 二年
みっかかん 三日間	さんしゅうかん 三週間	さんげつ 三か月	さんねん 三年
よっかかん 四日間	よんしゅうかん 四週間	よんげつ 四か月	よねん 四年
いつかかん 五日間	ごしゅうかん 五週間	ごげつ 五か月	ごねん 五年
むいかかん 六日間	ろくしゅうかん 六週間	ろっげつ 六か月	ろくねん 六年
なのかかん 七日間	ななしゅうかん 七週間	ななげつ 七か月	しちねん 七年
ようかかん 八日間	はっしゅうかん 八週間	はちげつ 八か月	ななねん 七年
ここのかかん 九日間	きゅうしゅうかん 九週間	きゅうげつ 九か月	はちねん 八年
とおかかん 十日間	じゅっしゅうかん 十週間	じゅっげつ 十か月	きゅうねん 九年
じゅういちにちかん 十一日間	じゅういっしゅうかん 十一週間	じゅういっげつ 十一か月	じゅうねん 十年
		じゅうにげつ 十二か月	

人數 ～人 にん	用於建築物的樓層 ～階 かい	用於碗或杯 ～杯 はい	用於穿在腳上的成雙之物，如：鞋子、襪子 ～足 そく
なんにん？	なんがい？	なんばい？	なんそく？
ひとり	いっかい	いっぱい	いっそく
ふたり	にかい	にはい	にそく
さんにん	さんがい	さんばい	さんそく
よにん	よんかい	よんはい	よんそく
ごにん	ごかい	ごはい	ごそく
ろくにん	ろっかい	ろっぱい	ろくそく
ななにん	ななかい	ななはい	ななそく
はちにん	はっかい	はっぱい	はっそく
きゅうにん	きゅうかい	きゅうはい	きゅうそく
じゅうにん	じゅっかい	じゅっぱい	じゅっそく
じゅういちにん	じゅういっかい	じゅういっぱい	じゅういっそく

用於西裝、套裝 ～着（ちゃく）	用於報紙、資料 ～部（ぶ）	用於貓、狗、 魚、昆蟲等體積 較小的動物 ～匹（びき）	用於牛、馬、 豬、羊等體積大 型的動物 ～頭（とう）
なんちゃく？	なんぶ？	なんびき？	なんとう？
いっちゃく	いちぶ	いっぴき	いっとう
にちゃく	にぶ	にひき	にとう
さんちゃく	さんぶ	さんびき	さんとう
よんちゃく	よんぶ	よんひき	よんとう
ごちゃく	ごぶ	ごひき	ごとう
ろくちゃく	ろくぶ	ろっぴき	ろくとう
ななちゃく	ななぶ	ななひき	ななとう
はっちゃく	はちぶ	はっぴき	はっとう
きゅうちゃく	きゅうぶ	きゅうひき	きゅうとう
じゅっちゃく	じゅうぶ	じゅっぴき	じゅっとう
じゅういっちゃく	じゅういちぶ	じゅういっぴき	じゅういっとう

國家圖書館出版品預行編目(CIP)資料

帶日本人趴趴走：日語導遊台灣 / 張澤崇 / 巽奈緒子著.
-- 初版. -- [臺北市]：寂天文化, 2015.01
　面；　公分

ISBN 978-986-184-983-6(20K平裝附光碟片)
ISBN 978-986-318-041-8(32K平裝附光碟片)
ISBN 978-986-318-322-8(20K精裝附光碟)
ISBN 978-986-318-549-9(25K平裝附光碟)

1.日語 2.旅遊 3.會話

803.188　　　　　　　　　　106000908

帶日本人趴趴走：日語導遊台灣

作者/譯者：張澤崇/巽奈緒子

插畫：巽奈緒子/蔡怡柔

美術設計：游鈺純(Yu-Chun YU)/游淑貞(YOYOYU)

編輯：黃月良

製程管理：洪巧玲

出版者：寂天文化事業股份有限公司

電話：+886-(0)2-2365-9739

傳真：+886-(0)2-2365-9835

網址：www.icosmos.com.tw

讀者服務：onlineservice@icosmos.com.tw

出版日期：2017 年2 月 初版四刷　　　　　　250101

郵撥帳號：1998-6200 寂天文化事業股份有限公司

＊劃撥金額600元(含)以上者，郵資免費。

＊訂購金額600元以下者，請外加65元。

(若有破損，請寄回更換，謝謝。)